Alchithémie

de roses des temps

SCÉNARIO, DESSIN & COULEUR

Benoît Boursoit

DRAKOO

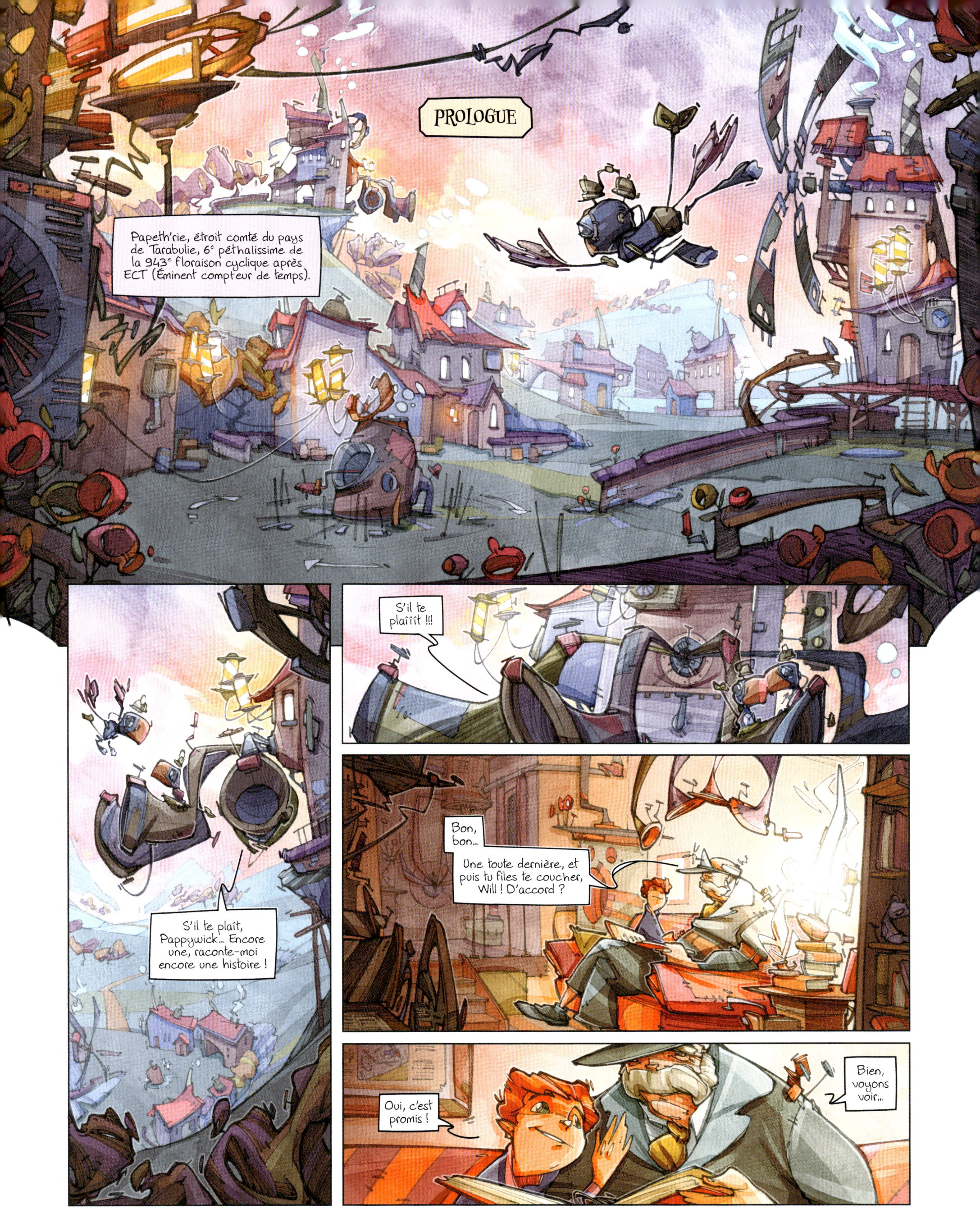
PROLOGUE
Papeth'rie, étroit comté du pays de Tarabulie, 6e péthalissime de la 943e floraison cyclique après ECT (Éminent compteur de temps).
S'il te plaît, Pappywick... Encore une, raconte-moi encore une histoire !
S'il te plaîîît !!!
Bon, bon...
Une toute dernière, et puis tu files te coucher, Will ! D'accord ?
Oui, c'est promis !
Bien, voyons voir...

Oui... celle-ci !
Hem, hem !
Il y a fort longtemps, en Tarabulie, fut un temps où personne ne se trouvait en mesure d'en calculer l'écoulement.
Peu évident dans de telles conditions d'arriver à temps quelque part, de réaliser certaines choses dans les temps, voire même d'agir en temps utile !
Alors par un beau matin, pour faciliter la vie de ses concitoyens, l'illustre conseiller en fonction décréta que cette problématique d'écoulement devait être résolue sur-le-champ.
Il précisa forcément, car c'était un grand plaisantin...
... qu'il s'agissait bien là du champ de l'immédiat et non de celui de blé ou de patates.
CLAP CLAP CLAP
Il invita ensuite les Tarabulistes les plus créatifs et ingénieux du pays à percer ce mystère d'écoulement temporel, et imaginer un astucieux système de comptabilité.
CLAP CLAP
Et ainsi, au bout d'un incertain laps de temps, Isaac Hélianthème...
... un horticulteur de cœur et mathématicien de métier, présenta à l'illustre conseiller quatre variétés de fleurs de sa propre création, qu'il avait baptisées : roses des temps.
Des roses ?!
Comme celles qu'il y a dans le champ à côté de la maison de Madame Tournabhille, à l'entrée du village ?
Non, ça, ce sont des roses tout ce qu'il y a de plus classique, elles n'ont rien de métronome !
De métronome ?

Oui... car c'était bien ça, le pouvoir magico-mécanique des fleurs d'Isaac Hélianthème : la métronomie.
Elles perdaient leurs pétales un par un, et à intervalles rigoureusement réguliers.
Qui plus est, chacune des quatre variétés voyait ses roses dépérir sur un laps de temps différent, mais de manière coordonnée les unes aux autres !
Par exemple, la rose qui se fanait le plus rapidement possédait une corolle de vingt-quatre péthalinfimes...
... qu'elle perdait entièrement sur le temps que la fleur qui possédait dix-huit péthaleffilés n'en perdait qu'un seul.
18-1=17
6-1/(12x18)=5,995
12-1/18=11,94
24-24=0
Et ainsi de suite avec la variété des roses qui possédaient douze péthalons et, finalement, celles dont les fleurs étaient affublées de six péthalissimes, qui duraient le plus longtemps dans le temps !
Mais Pappywick ! C'est comme mon âge, ça : moi, j'ai sept floraisons et trois péthalissimes et demi !
Oui, c'est ça, tu as raison !
Le système de comptabilité temporelle de l'horticulteur plut fortement à l'illustre conseiller de l'époque.
Il fit donc du nom des quatre variétés de roses nos unités officielles de temps, puis en lança la production à grande échelle, afin que toute la conseillerie puisse en profiter !
Enfin, il décerna à Isaac le titre honorifique d'Éminent compteur de temps, pour service rendu à la Tarabulie.
Waouh... Génial !
Dis, tu pourras me montrer une de ces roses, demain ? J'ai trop envie de voir comment ça fonctionne !

Hem... Tu sais, Will, au péthalon actuel, avec les chronosphères de floraison cyclique à remontée mécanique et autres sabliers portatifs réglés au millième de péthalinfime près...
... plus personne n'utilise ni même ne cultive les fleurs de l'Éminent compteur de temps.
Mais alors... elles n'existent plus ? Il n'y en a plus nulle part ?!
Mmmh... Il y a bien ces deux alchithémistes...
Des jumeaux, si ma mémoire est bonne. Ils en ont découvert quelques derniers spécimens il y a fort longtemps, et en ont même extrait du thé, mais c'était...
Des alchithémistes... C'est quoi, ça, des alchithémistes, Pappywick ?
Un alchithémiste, c'est une personne qui...
Ooh ! Mais attends voir, c'est une tout autre histoire, ça !
On avait dit une dernière et pas deux. Tu as bien failli m'avoir !
Allez, file te coucher.
CLAP
Petit malin, va !

ACTE I
Une rencontre sans couac ! Si ce n'est un "ik"...
ÉTHOURDITE
Bureau d'objets perdus de la cité empaquetée d'Éthourdite, un certain temps après le prologue (le 12/09/01/947 après ECT, pour être précis).
21.
Oh ! Bonjour, mon garçon. Que puis-je faire pour toi ?
Bonjour, j'ai perdu mon grand-père !
Ton grand-père ?
OUVERT
Mmmh, je vois...
Une lourde perte ! Un désagrément à ne pas prendre à la légère, c'est un fait certain !
Bien bien !
Réfléchissons un bref péthalinfime...
Si on avait retrouvé un grand-père...
... dans quel service aurions-nous bien pu le stocker ?...
Les services de perte d'objets décoratifs, métalliques, de luxe, non...
... d'objets de discussions et autres conversations, non plus... de plaintes, encore moins !

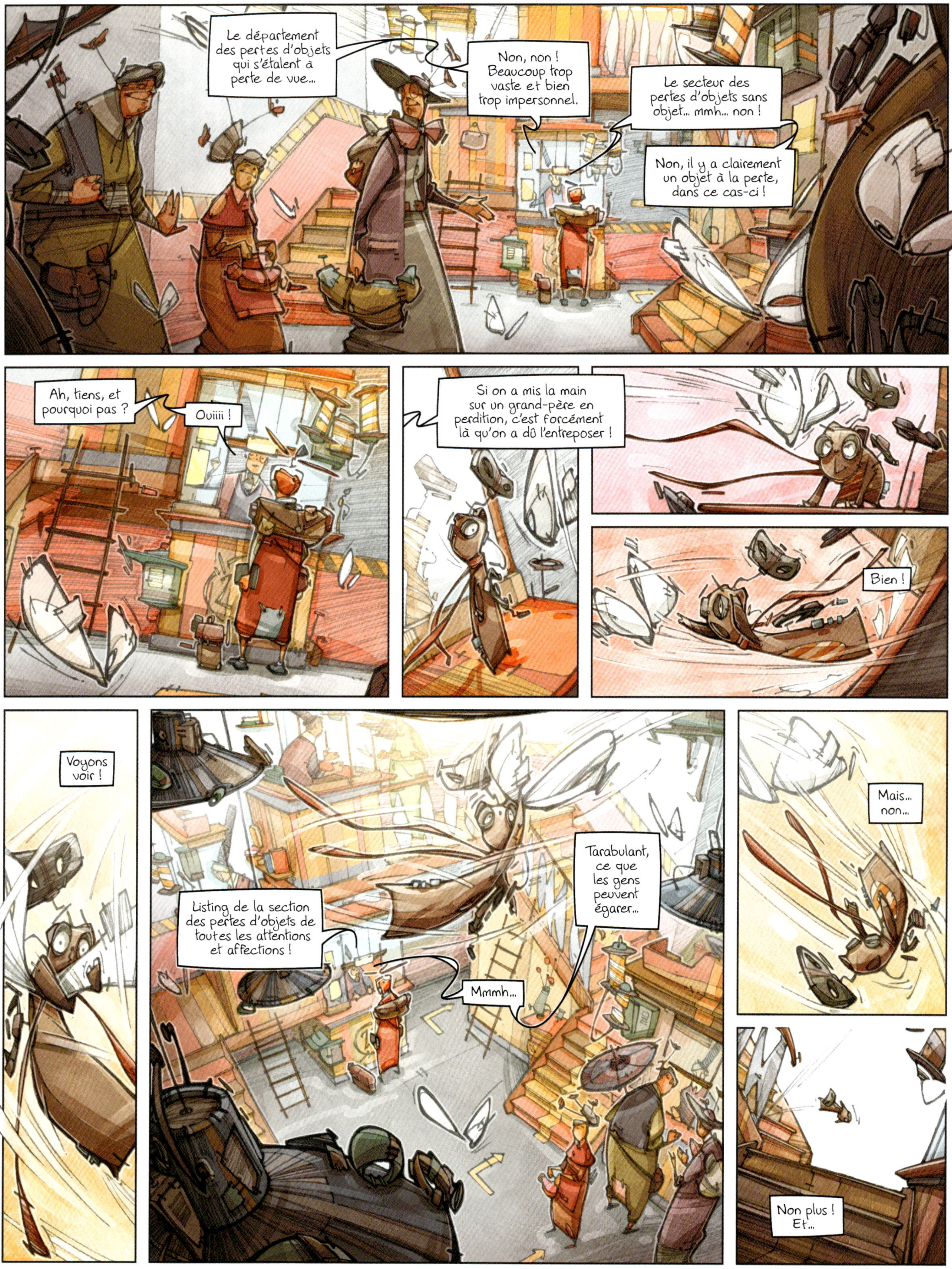

Le département des pertes d'objets qui s'étalent à perte de vue...
Non, non ! Beaucoup trop vaste et bien trop impersonnel.
Le secteur des pertes d'objets sans objet... mmh... non !
Non, il y a clairement un objet à la perte, dans ce cas-ci !
Ah, tiens, et pourquoi pas ?
Ouiiii !
Si on a mis la main sur un grand-père en perdition, c'est forcément là qu'on a dû l'entreposer !
Bien !
Voyons voir !
Listing de la section des pertes d'objets de toutes les attentions et affections !
Mmmh...
Tarabulant, ce que les gens peuvent égarer...
Mais... non...
Non plus ! Et...

Et non ! Non et malheureusement non !
PAF
Tu m'en vois sincèrement navré, mon garçon, mais nous ne possédons aucun grand-père à l'heure actuelle dans nos stocks, et...
Oh, c'est juste, j'ai oublié que tu ne m'entends pas... Laisse-moi te l'écrire.
Hector !
SPLAF
PCHHHH...
Koff ! Kof... Kooof ! Koofff !
Aïeuuuuh !

Koff ! Kof Kofff... Hector ! Mon doudou... qu'est-ce que !? Koff Kofff !
Nom... nom d'un objet utile !!! Mon soufflet était encore chargé ! J'espère que...
Non... Non, c'est bon ! C'est une cartouche de poudre d'escampette !
C'est sans danger sur les gens. Il n'y a que certains objets qui se taillent, ça va se dissiper dans quelques instants !
Petit, tu m'entends ? Ça va ?
Koff kof... Oui, je... ça va, je... Kof... je vous entends... mais...
Pourquoi ?! POURQUOI JE VOUS ENTENDS ?! Mon cache-oreilles, qu'est-ce qu'il... ?!
Ton cache-oreilles ? Euh...
Petit, je suis navrée, mais il est tout taillé, comme un crayon qui s'est fait la malle. Ma poudre l'a rendu complètement inutile !
Tu sais, c'est un peu mon métier. En réalité, je suis inu...
Non mais CHUUT... TAISEZ-VOUS !!! Vous ne comprenez pas ! Je ne devrais pas pouvoir vous entendre... C'EST DANGEREUX POUR MOI, je... JE FAIS DE L'ALLERGIE AUDITIVE !!!
Hiiiiiiiiii
De l'allergie auditive !!!
De l'allergie auditive ?! Houlà, c'est carrément dangereux, ça ! Écoute, petit... Pas de panique, on va trouv...
Petit... Hé, petit, qu'est-ce qui...
Bon sang, j'ai dû en prononcer un ! Il... Petit !
HHHH

HERBALTHÉ
Hhhhh...
Mais qu'est-ce que... Où...
Vous... C'est vous !
Vous en avez prononcé un... c'est ça ?
Chuuut !

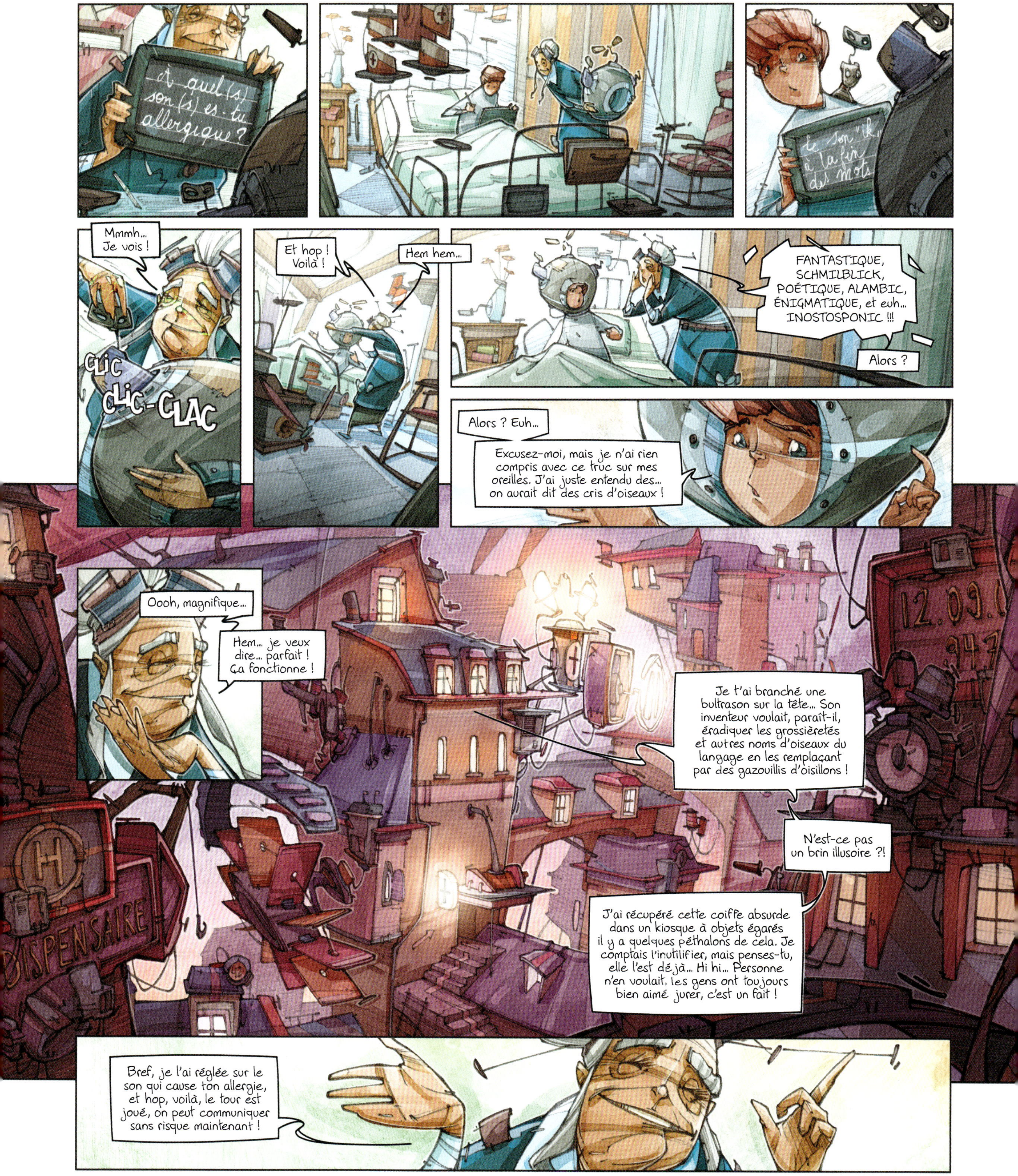
À quel(s) son(s) es-tu allergique ?
Le son "ik" à la fin des mots
Mmmh... Je vois !
CLIC
CLIC-CLAC
Et hop ! Voilà !
Hem hem...
FANTASTIQUE, SCHMILBLICK, POÉTIQUE, ALAMBIC, ÉNIGMATIQUE, et euh... INOSTOSPONIC !!!
Alors ?
Alors ? Euh...
Excusez-moi, mais je n'ai rien compris avec ce truc sur mes oreilles. J'ai juste entendu des... on aurait dit des cris d'oiseaux !
Oooh, magnifique...
Hem... je veux dire... parfait ! Ça fonctionne !
Je t'ai branché une bultrason sur la tête... Son inventeur voulait, paraît-il, éradiquer les grossièretés et autres noms d'oiseaux du langage en les remplaçant par des gazouillis d'oisillons !
N'est-ce pas un brin illusoire ?!
J'ai récupéré cette coiffe absurde dans un kiosque à objets égarés il y a quelques péthalons de cela. Je comptais l'inutilifier, mais penses-tu, elle l'est déjà... Hi hi... Personne n'en voulait, les gens ont toujours bien aimé jurer, c'est un fait !
DISPENSAIRE
Bref, je l'ai réglée sur le son qui cause ton allergie, et hop, voilà, le tour est joué, on peut communiquer sans risque maintenant !

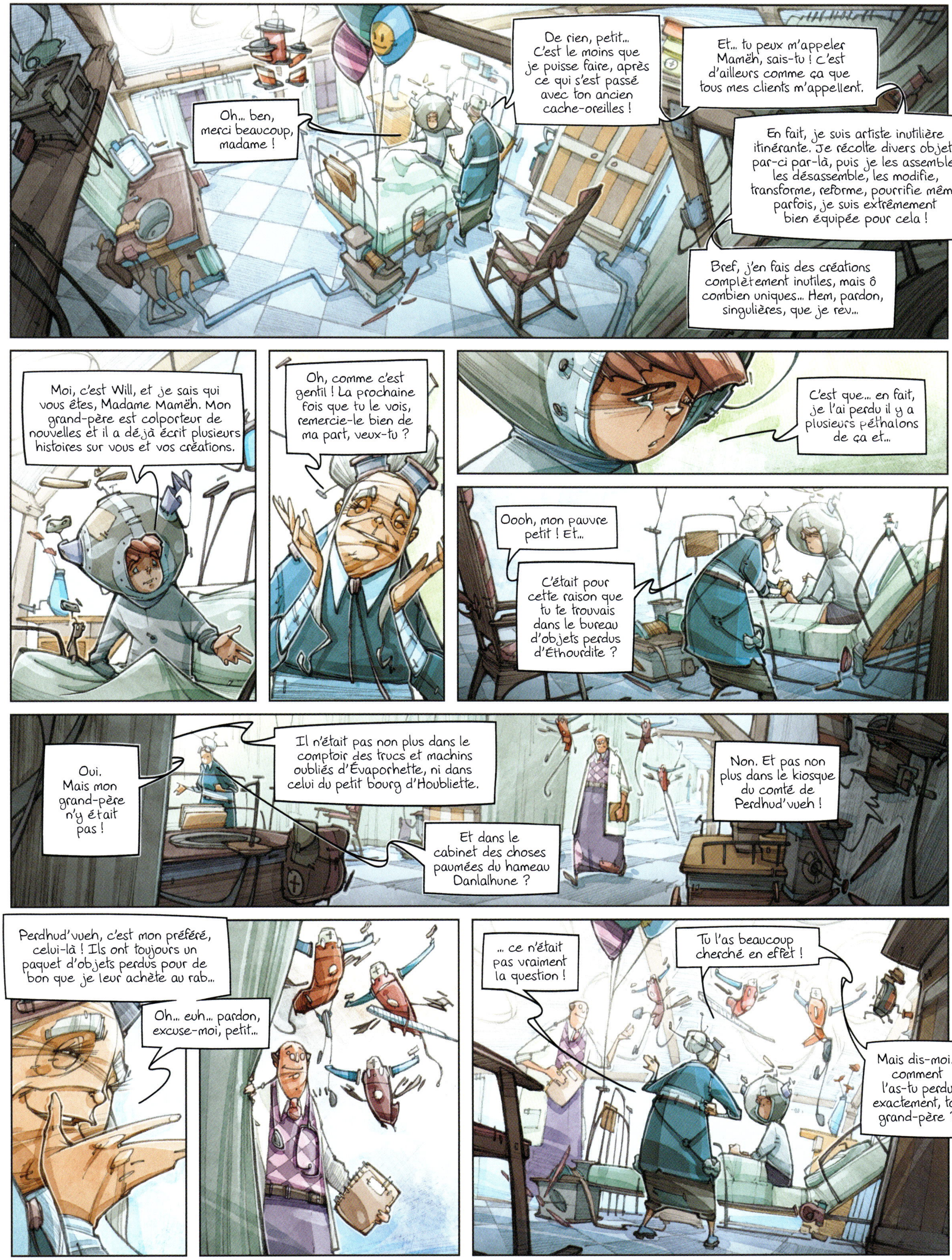
Oh... ben, merci beaucoup, madame !
De rien, petit... C'est le moins que je puisse faire, après ce qui s'est passé avec ton ancien cache-oreilles !
Et... tu peux m'appeler Mamëh, sais-tu ! C'est d'ailleurs comme ça que tous mes clients m'appellent.
En fait, je suis artiste inutilière itinérante. Je récolte divers objets par-ci par-là, puis je les assemble, les désassemble, les modifie, transforme, reforme, pourrifie même parfois, je suis extrêmement bien équipée pour cela !
Bref, j'en fais des créations complètement inutiles, mais ô combien uniques... Hem, pardon, singulières, que je rev...
Moi, c'est Will, et je sais qui vous êtes, Madame Mamëh. Mon grand-père est colporteur de nouvelles et il a déjà écrit plusieurs histoires sur vous et vos créations.
Oh, comme c'est gentil ! La prochaine fois que tu le vois, remercie-le bien de ma part, veux-tu ?
C'est que... en fait, je l'ai perdu il y a plusieurs péthalons de ça et...
Oooh, mon pauvre petit ! Et...
C'était pour cette raison que tu te trouvais dans le bureau d'objets perdus d'Éthourdite ?
Oui. Mais mon grand-père n'y était pas !
Il n'était pas non plus dans le comptoir des trucs et machins oubliés d'Évaporhette, ni dans celui du petit bourg d'Houbliette.
Et dans le cabinet des choses paumées du hameau Danlalhune ?
Non. Et pas non plus dans le kiosque du comté de Perdhud'vueh !
Perdhud'vueh, c'est mon préféré, celui-là ! Ils ont toujours un paquet d'objets perdus pour de bon que je leur achète au rab...
Oh... euh... pardon, excuse-moi, petit...
... ce n'était pas vraiment la question !
Tu l'as beaucoup cherché en effet !
Mais dis-moi... comment l'as-tu perdu exactement, ton grand-père ?

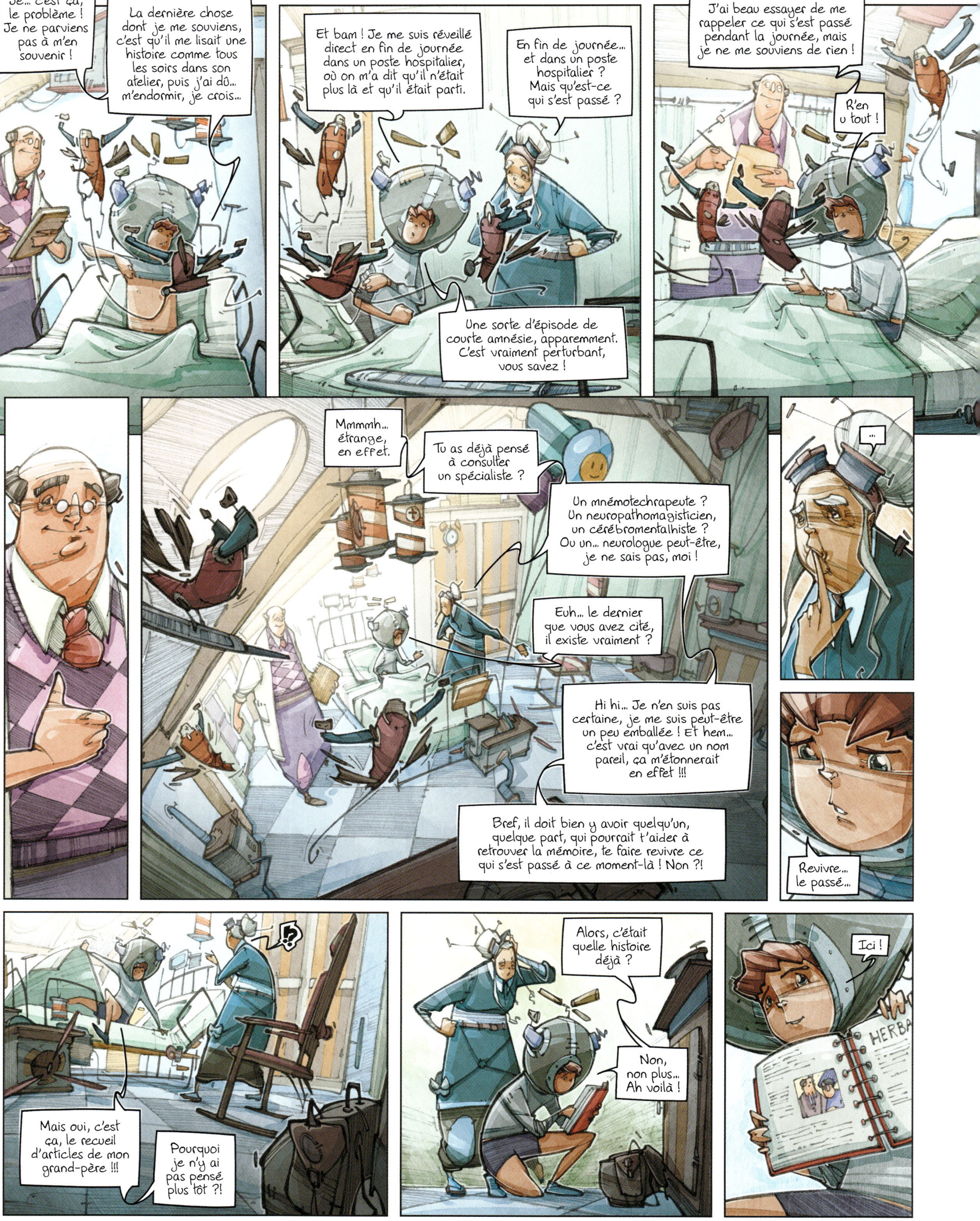
Je... c'est ça, le problème ! Je ne parviens pas à m'en souvenir !
La dernière chose dont je me souviens, c'est qu'il me lisait une histoire comme tous les soirs dans son atelier, puis j'ai dû... m'endormir, je crois...
Et bam ! Je me suis réveillé direct en fin de journée dans un poste hospitalier, où on m'a dit qu'il n'était plus là et qu'il était parti.
En fin de journée... et dans un poste hospitalier ? Mais qu'est-ce qui s'est passé ?
Une sorte d'épisode de courte amnésie, apparemment. C'est vraiment perturbant, vous savez !
J'ai beau essayer de me rappeler ce qui s'est passé pendant la journée, mais je ne me souviens de rien !
R'en u tout !
Mmmmh... étrange, en effet.
Tu as déjà pensé à consulter un spécialiste ?
Un mnémotechrapeute ? Un neuropathomagisticien, un cérébromentalhiste ? Ou un... neurologue peut-être, je ne sais pas, moi !
Euh... le dernier que vous avez cité, il existe vraiment ?
Hi hi... Je n'en suis pas certaine, je me suis peut-être un peu emballée ! Et hem... c'est vrai qu'avec un nom pareil, ça m'étonnerait en effet !!!
Bref, il doit bien y avoir quelqu'un, quelque part, qui pourrait t'aider à retrouver la mémoire, te faire revivre ce qui s'est passé à ce moment-là ! Non ?!
...
Revivre... le passé...
?!
Mais oui, c'est ça, le recueil d'articles de mon grand-père !!!
Pourquoi je n'y ai pas pensé plus tôt ?!
Alors, c'était quelle histoire déjà ?
Non, non plus... Ah voilà !
Ici !
HERBA

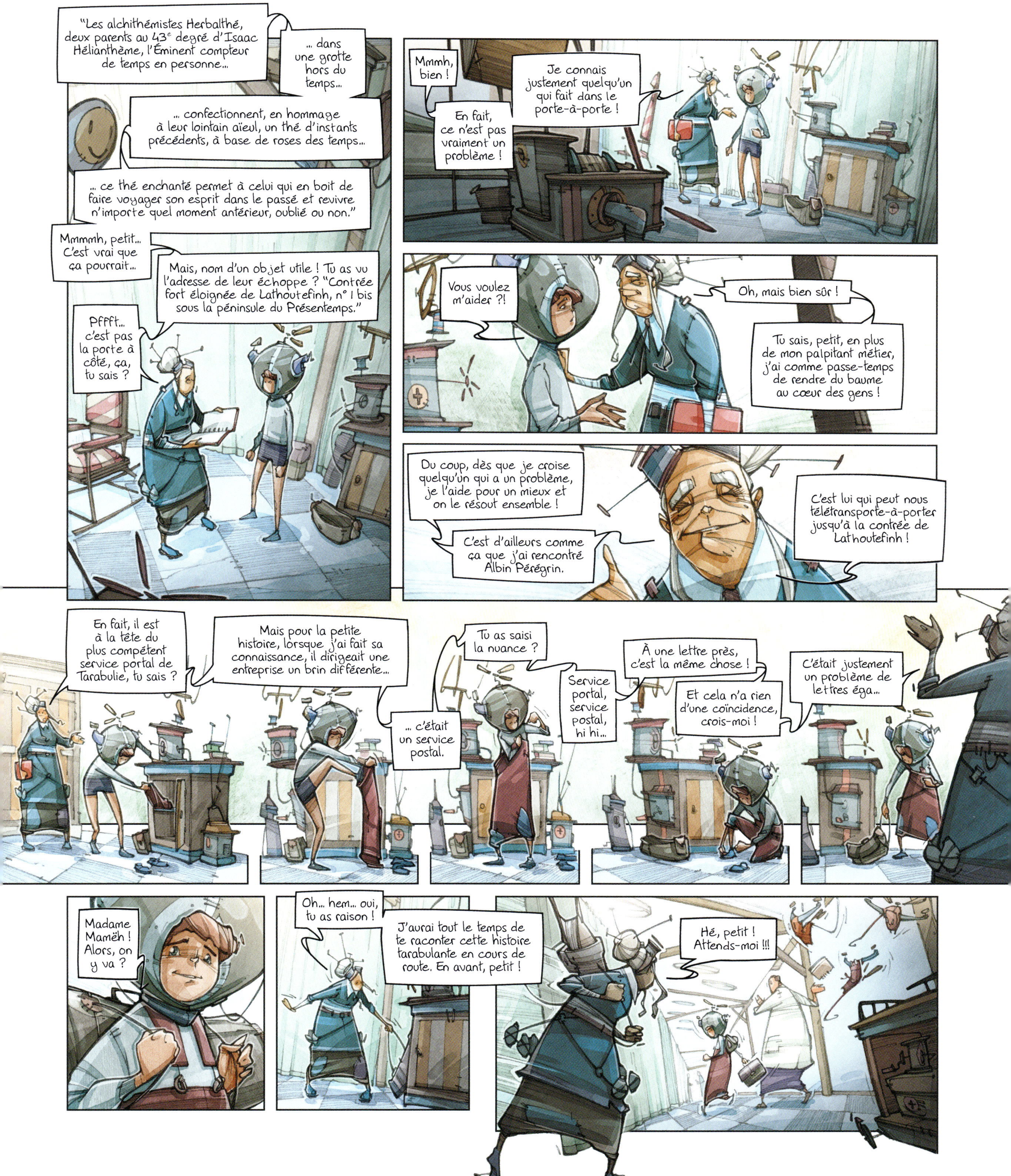
"Les alchithémistes Herbalthé, deux parents au 43e degré d'Isaac Hélianthème, l'Éminent compteur de temps en personne...
... dans une grotte hors du temps...
... confectionnent, en hommage à leur lointain aïeul, un thé d'instants précédents, à base de roses des temps...
... ce thé enchanté permet à celui qui en boit de faire voyager son esprit dans le passé et revivre n'importe quel moment antérieur, oublié ou non."
Mmmmh, petit... C'est vrai que ça pourrait...
Mais, nom d'un objet utile ! Tu as vu l'adresse de leur échoppe ? "Contrée fort éloignée de Lathoutefinh, n° 1 bis sous la péninsule du Présentemps."
Pffft... c'est pas la porte à côté, ça, tu sais ?
Mmmh, bien !
En fait, ce n'est pas vraiment un problème !
Je connais justement quelqu'un qui fait dans le porte-à-porte !
Vous voulez m'aider ?!
Oh, mais bien sûr !
Tu sais, petit, en plus de mon palpitant métier, j'ai comme passe-temps de rendre du baume au cœur des gens !
Du coup, dès que je croise quelqu'un qui a un problème, je l'aide pour un mieux et on le résout ensemble !
C'est d'ailleurs comme ça que j'ai rencontré Albin Pérégrin.
C'est lui qui peut nous télétransporte-à-porter jusqu'à la contrée de Lathoutefinh !
En fait, il est à la tête du plus compétent service portal de Tarabulie, tu sais ?
Mais pour la petite histoire, lorsque j'ai fait sa connaissance, il dirigeait une entreprise un brin différente...
... c'était un service postal.
Tu as saisi la nuance ?
Service portal, service postal, hi hi...
À une lettre près, c'est la même chose !
Et cela n'a rien d'une coïncidence, crois-moi !
C'était justement un problème de lettres éga...
Madame Mamëh ! Alors, on y va ?
Oh... hem... oui, tu as raison !
J'aurai tout le temps de te raconter cette histoire tarabulante en cours de route. En avant, petit !
Hé, petit ! Attends-moi !!!

ACTE II
Aux confins de Lathoutefinh ou la théière enchantée (première version)
Péninsule du Présentemps, arrêt de porte 891#8-7.
Bien ! Nous sommes arrivés !
Alors, petit, qu'en penses-tu ? Quelques claquements de porte à peine, et nous y voilà déjà !
Tarabulant, n'est-ce pas ?
Oui, c'était impressionnant !
Je t'ai déjà raconté ma rencontre avec Albin Pérégrin, le créateur de cet épatant service portal qui nous a télétransporte-à-portés jusqu'ici ?
Vous aviez commencé à me l'expliquer, mais je...
PRESENTEMPS
ARRÊT 891#8-7
THÉIÈRE ENCHANTÉE
PAR LÀ
Eh bien, figure-toi qu'à l'époque où il dirigeait son propre service postal, il mit au point un système de distribution de courrier et de colis tout à fait tarabulant et révolutionnaire.
Malheureusement, après quelques péthalons de parfaite activité...
!?
... plusieurs désagréments inattendus vinrent compromettre le bon fonctionnement de son système.
Du courrier s'égarait en cours de route, des cartes s'éparpillaient çà et là, et des lettres disparaissaient ou se mélangeaient les unes aux autres durant le trajet !

Ainsi, par exemple, une lettre s des colis de Madame Épinoche'tt s'évanouit dans la nature pendant la livraison, apportant à ses clients un panier garni de "poisons frais" en lieu et place de "poissons frais".
La caisse de marchandises à l'attention de Monsieur Kachemirr vit sa lettre p remplacée par un d.
Quelle ne fut donc pas la surprise du commerçant lorsqu'il y plongea la main pour en extraire une dizaine d'écharpes et qu'il la ressortit endolorie d'un nombre similaire d'échardes ?
J'ai moi-même reçu un colis des plus étranges...
Mais fort heureusement, il ne...
!?
Madame Mamëh, Hector ! Regardez, là !
Oh tiens, voilà quelqu'un !
Euh... il a l'air un peu bizarre, non ?
...
Eh bien... c'est vrai que... bonjour !
Voici le petit Will, et Hector, son doudou télémécanisé. Moi, c'est Mamëh Ghrenier, je suis inutilière itinérante de profess...
Madame Mamëh... Abrégez !
...
Oh... Oui, hi hi. Tu as raison ! C'est pour lui que nous sommes ici.
Nous nous rendons à La Théière Enchantée des jumeaux Herbalthé, peut-être pourriez-vous nous rensei...
Petit, attention !

Non... pardon, ça va ! Il...
Vous m'avez fait un peu peur en vous approchant comme ça !
Désolée.
Oui, c'est une bultrason. Will souffre d'une allergie auditive, vous savez...
Les mots qui finissent en *ik* le font tomber dans les pommes !
Et euh...
HECTOR !!! MADAME MAMËH !!!
Bon sang ! PETIT !
Hu !
Hhhh...
Han !
BLAM
HHH...
Blub
HH...
Bluuuuub
HHHHH...
Petit ! Filons d'ici !
HHHH.

Pe... Hhhh...
Petit, c'est...
Hh... C'est
bon... Je...
J'ai... hhh... l'impression
qu'il ne nous suit pas !
Arrête-toi
derrière le... euh...
la théière, là !
Alors...
tu le vois ?
Non !
Je crois bien
qu'on l'a semé !
Madame Mamëh... Mais
c'était qui, cet hurluberlu ?
Nom d'un objet
utile... je n'en
ai aucune idée.
THEIERE
ENCHANTEE

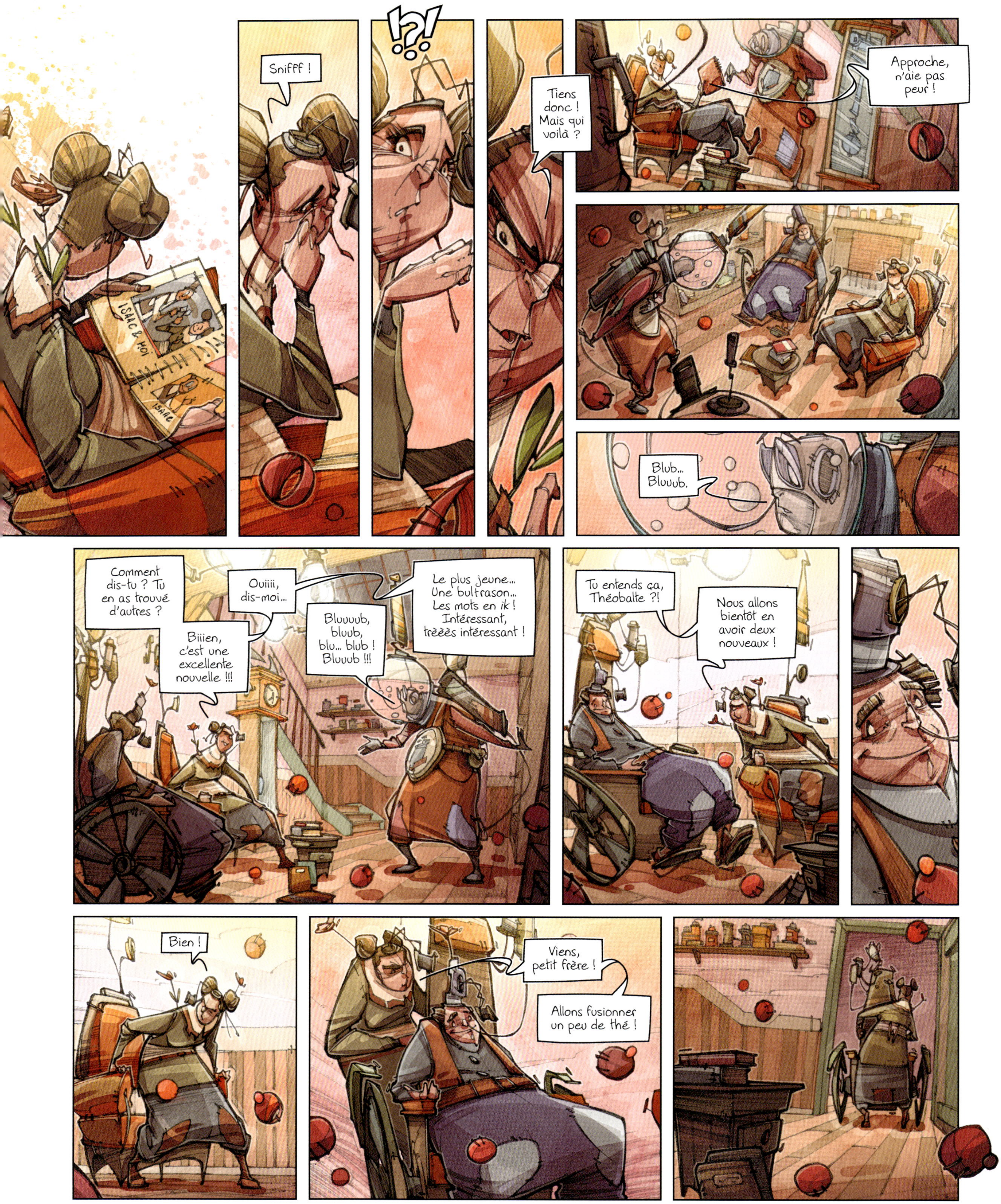

Snifff !
!?!
Tiens donc ! Mais qui voilà ?
Approche, n'aie pas peur !
Blub... Bluuub.
Comment dis-tu ? Tu en as trouvé d'autres ?
Ouiiii, dis-moi...
Biiien, c'est une excellente nouvelle !!!
Bluuuub, bluub, blu... blub ! Bluuub !!!
Le plus jeune... Une bultrason... Les mots en ik ! Intéressant, trèèès intéressant !
Tu entends ça, Théobalte ?!
Nous allons bientôt en avoir deux nouveaux !
Bien !
Viens, petit frère !
Allons fusionner un peu de thé !

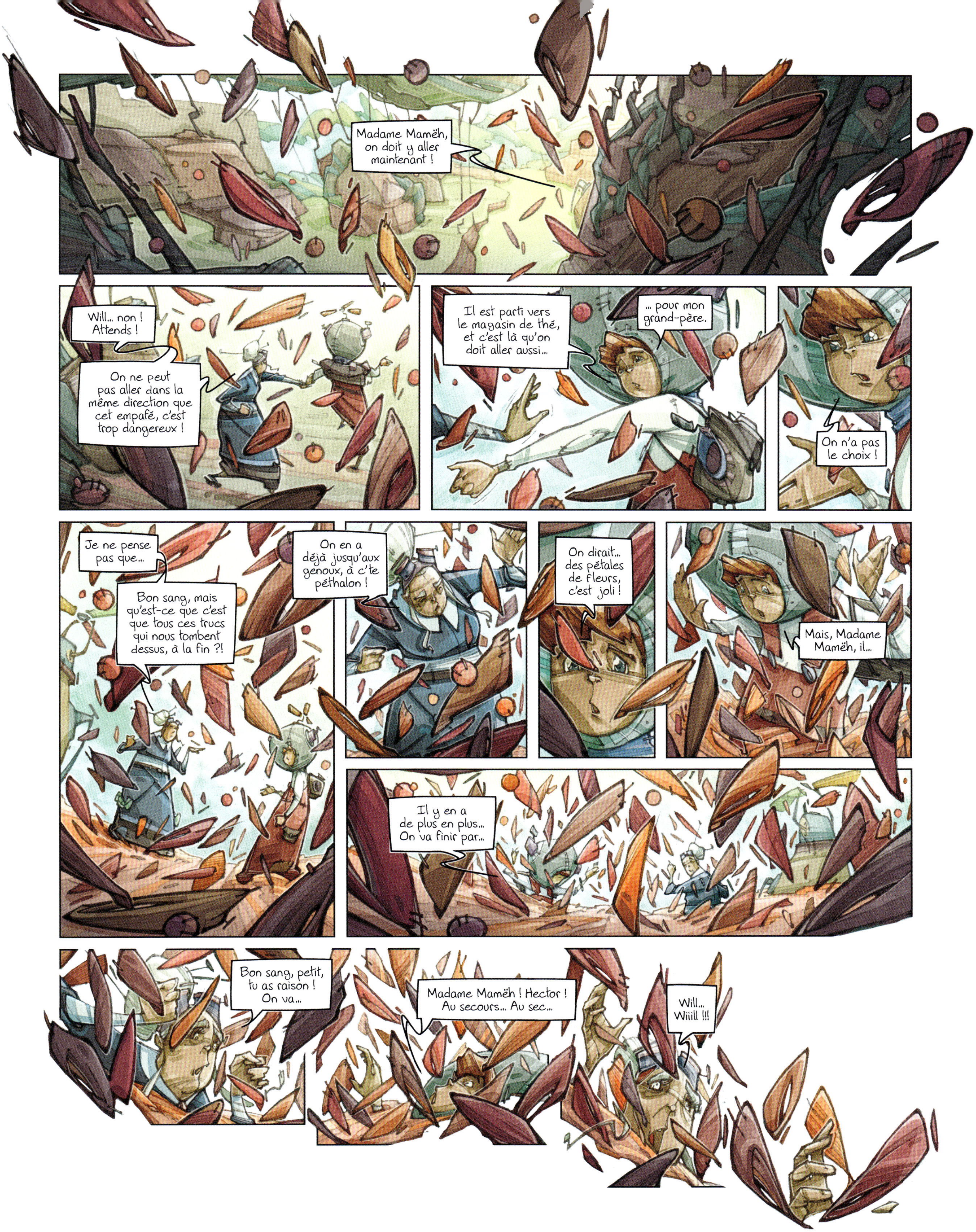
Madame Mamëh, on doit y aller maintenant !
Will... non ! Attends !
On ne peut pas aller dans la même direction que cet empafé, c'est trop dangereux !
Il est parti vers le magasin de thé, et c'est là qu'on doit aller aussi...
... pour mon grand-père.
On n'a pas le choix !
Je ne pense pas que...
Bon sang, mais qu'est-ce que c'est que tous ces trucs qui nous tombent dessus, à la fin ?!
On en a déjà jusqu'aux genoux, à c'te péthalon !
On dirait... des pétales de fleurs, c'est joli !
Mais, Madame Mamëh, il...
Il y en a de plus en plus... On va finir par...
Bon sang, petit, tu as raison ! On va...
Madame Mamëh ! Hector ! Au secours... Au sec...
Will... Wiiill !!!

ACTE III
Les vertus du thé de roses des temps ou La Théière Enchantée (seconde version)
Bien ! Nous sommes arrivés !
Alors, petit, qu'en penses-tu ?
Quelques claquements de porte à peine et nous y voilà déjà !
Tarabulant, n'est-ce pas ?
Oui, c'était impressionnant !
Je t'ai déjà raconté l'histoire de ma rencontre avec Albin Pérégrin, le créateur de cet épatant service portal qui nous a... euh...
Tiens... c'est étrange, mais j'ai comme une impression de déjà-vu...
Une impression de déjà-vu ?
Oui, je...
Enfin soit !
À l'époque où le service postal d'Albin s'est mis à égarer et entremêler lettres et courriers...
... j'en ai moi-même fait les frais...
... mais à moindre coût, que du contraire !
J'ai reçu une livraison modifiée des plus tarabulantes, crois-moi !!!
Et j'ai d'ailleurs pris directement la route pour aller remercier Albin au sujet de ce colis !
Mais une fois sur place, j'ai découvert un homme dépité, qui croulait littéralement sous les "lettres de plainte"...
... même si certaines s'étaient transformées en "lettres de plante"... Hi hi, elles avaient perdu leur *i* pendant le transport.
Bref, après avoir pris connaissance des malheurs occasionnés par toutes ces lettres perdues et éparpillées, j'ai décidé de l'aider, tout simplement.
Dans un premier temps, nous avons donc fermé le service d'Albin !
Puis nous avons analysé l'ensemble du dispositif postal qu'il avait instauré, parcouru les plans, vérifié les câblages, astiqué les différents rouages et mécanismes, revérifié les plans, etc.

Et finalement, nous nous sommes rendu compte que le problème était bien plus profond que ce à quoi nous nous attendions, car il venait du cœur même du système.
Mais bon, moi tu sais, les histoires de...
?!?
Madame Mamëh, Hector ! Regardez !
Oh tiens, voilà de la compagnie !
Bonjour madame, bonjour messieurs !
Bien le bonjour, chers voyageurs !
Nous nous rendons à la boutique de thés enchantés des jumeaux Herbal...
Vous savez ?!
Je sais pourquoi vous êtes là !
Évidemment !
Tout comme je connais l'utilité de cette coiffe bizarre.
Ainsi que les conséquences, si je chipote cette manivelle et...
CLIC-CLAC
Hé... Non, attention !
... et que je prononce un mot tragique, diabolique...
... voire même tragicodiabolique !
HHHHHHH
Mais...
Will !!!
Non... qu'avez-vous fait ?!

HERBALTHÉ
Mais qu'est-ce que...
Où suis-je ?
Mais pourq...
Elle en a prononcé un... c'est ça ?
Chuut... Petit, calme-toi !
C'est moi, Mamëh !

Madame Mamëh… Mais, qu'est-ce qui s'est passé ?!
Où est ma bultrason ?
Ils te l'ont retirée ! Ça ne va pas être prati… euh, je veux dire… Va falloir faire attention en discutant !
Cette femme que nous avons croisée sur la route avec ses deux acolytes, elle était au courant pour ton allergie.
Je ne sais pas comment, mais elle le savait !
Dès que tu es tombé dans les pommes, elle a lancé ses sbires sur moi !
J'ai été tellement surprise, et tout s'est passé si vite que je n'ai pas eu le temps de réagir. Je suis vraiment désolée, petit !
Et là, on est…
Enfermés ! Dans une espèce de cachot.
CLIC
CLAC
?!
Madame Mamëh, c'est le moment ! Tenez-vous prête, on y va !
On y va ? Mais comment ça, on y va ?!
On fonce dans le tas… et on sort d'ici en courant !
On quoi ?! Will, tu as visionné trop de livres en 3D ou quoi ?
On n'est pas dans un bouquain'nimé, ici ! C'est la vie réelle !
CRIiiiiiiiii
Euuuh… petit…
Maintenant !!!
YAAAA AA AAA HAA HH

YAAAAAAAAH
?!? Mais...
Will, stop, attends, c'est...
C'est ton doudou télémécanisé !
Hhh...
Hector ?!
Mais qu'est-ce que tu fais là ? Comment c'est possible ?
Attends... Doucement !
Gesticule moins vite, j'ai du mal à suivre !
Quand les choses ont mal tourné, tu t'es évanoui, comme moi.
Mais tu as pu rester sur le dos de ton ami volapin... qui s'est envolé !
Euh... oui, enchanté !
Ensuite, il nous a suivis discrètement et...
... lorsque tu t'es réveillé, vous avez attaqué un garde, qui surveillait notre porte !
Tu l'as neutralisé en grignotant un des fils dans son dos !
Tu savais que ça allait fonctionner car tu possèdes les mêmes câblages, toi aussi !
Attends, tu veux dire que...
!?!
Le type qui montait la garde devant notre cachot, il était télémécanisé, comme lui...
Viens voir !
Petit... Hector a raison !

Est-ce qu'il est...
Mort ? Non, il m'a juste l'air amorphe et complètement dans les vapes.
Regarde !
Le globe de sa tenue de scaphandrier est fissuré...
... et tout le liquide rose bizarre qu'il y avait dedans s'est répandu sur le sol !
FROT
Oh non ! Beurkh !
Madame Mamëh, ne faites pas ça !
C'est... c'est du thé !
Je ne sais pas ce qui se passe ici...
... mais c'est vraiment bizarre.
Regarde ! Nos affaires sont là !
Viens, récupérons-les et quittons les lieux au plus vite.
Il ne faut pas rester ici un péthalinfime de plus !
SORTIE
17-37#
SORTIE
SORTIE

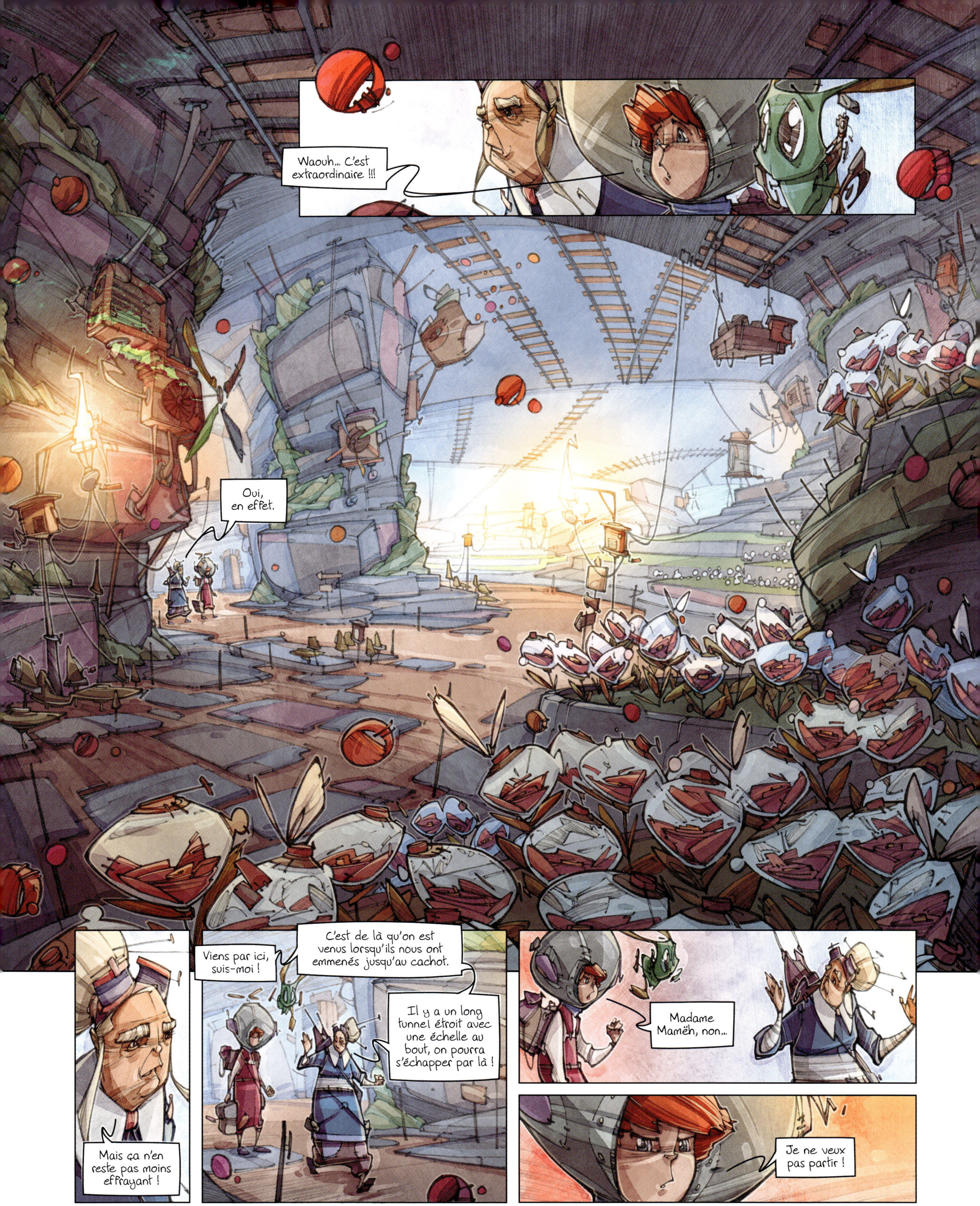
Waouh... C'est extraordinaire !!!
Oui, en effet.
Mais ça n'en reste pas moins effrayant !
Viens par ici, suis-moi !
C'est de là qu'on est venus lorsqu'ils nous ont emmenés jusqu'au cachot.
Il y a un long tunnel étroit avec une échelle au bout, on pourra s'échapper par là !
Madame Mamëh, non...
Je ne veux pas partir !

Will, mais...
Nom d'un objet utile, qu'est-ce que tu racontes ?!
Madame Mamëh, je suis désolé... Je ne peux pas aller par là !
Je dois continuer vers le magasin de thés enchantés et les panneaux, là, ils indiquent la direction opposée !
Petit, non ! C'est beaucoup trop dangereux !
Cette femme et ses deux acolytes...
Je ne sais pas ce qu'ils nous veulent, mais ils nous ont enfermés dans un cachot, je te rappelle !
On doit absolument quitter cet endroit au plus vite !
Si on s'en va maintenant, je ne pourrai pas boire de thé d'instants précédents et...
... je ne retrouverai jamais mon grand-père !
Petit, on ne sait même pas si ce thé existe vraiment.
Il doit y avoir un autre moyen, on va trouver une solution moins risquée !
Petit ! Will, attends... Non... Reviens !
?!?

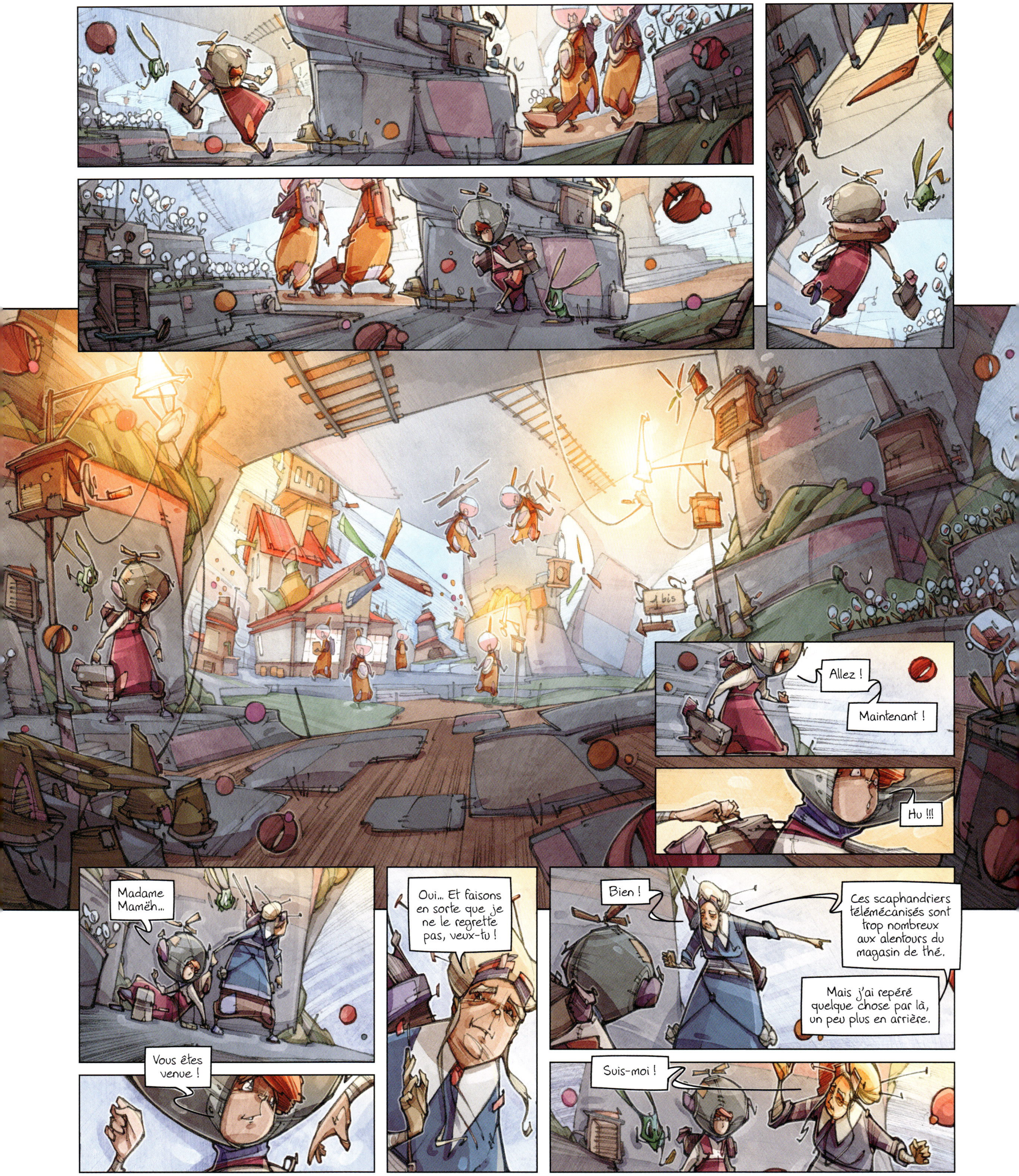
Allez !
Maintenant !
Hu !!!
Madame Mamëh...
Vous êtes venue !
Oui... Et faisons en sorte que je ne le regrette pas, veux-tu !
Bien !
Ces scaphandriers télémécanisés sont trop nombreux aux alentours du magasin de thé.
Mais j'ai repéré quelque chose par là, un peu plus en arrière.
Suis-moi !

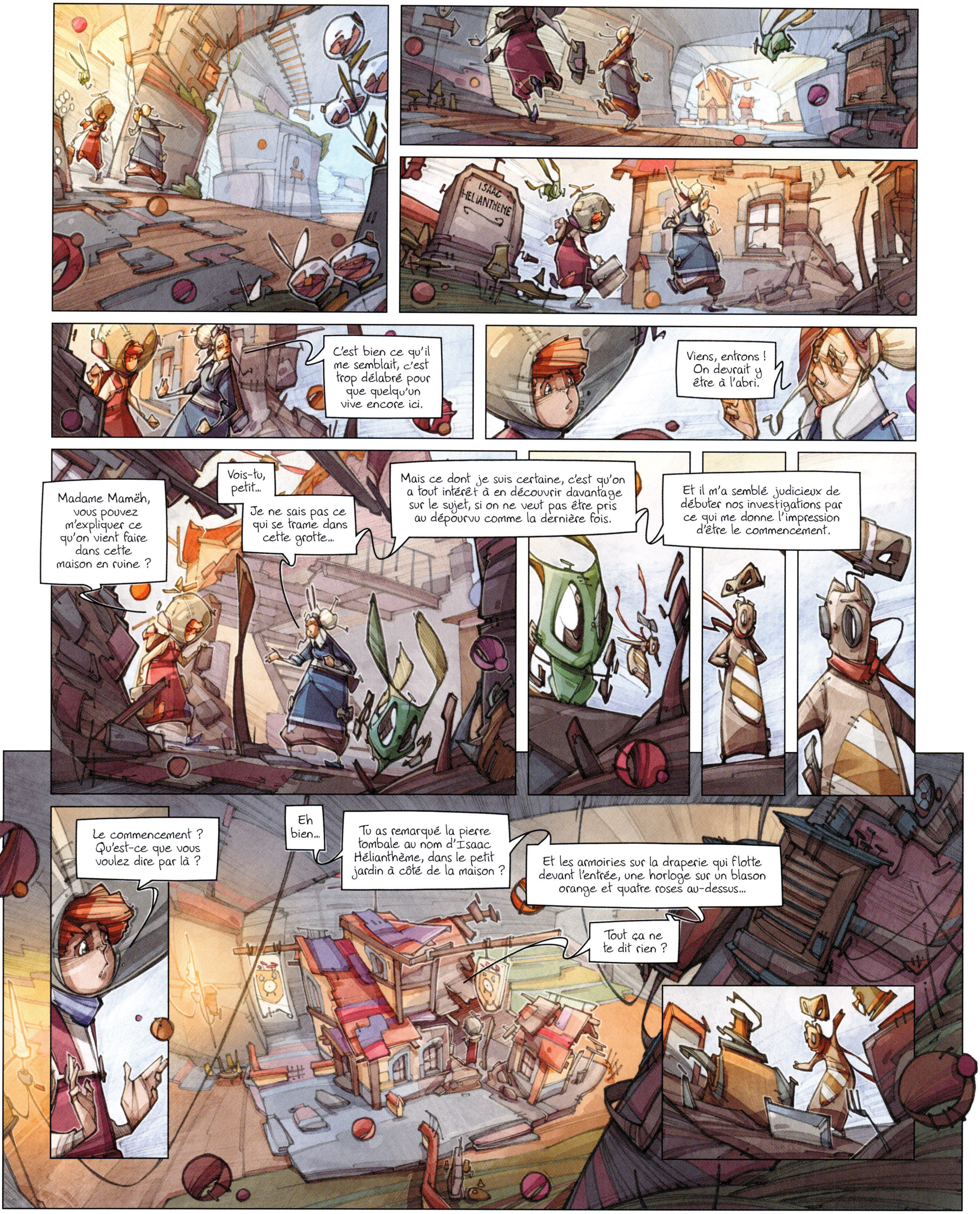
ISAAC HÉLIANTHÈME
C'est bien ce qu'il me semblait, c'est trop délabré pour que quelqu'un vive encore ici.
Viens, entrons ! On devrait y être à l'abri.
Madame Mamëh, vous pouvez m'expliquer ce qu'on vient faire dans cette maison en ruine ?
Vois-tu, petit...
Je ne sais pas ce qui se trame dans cette grotte...
Mais ce dont je suis certaine, c'est qu'on a tout intérêt à en découvrir davantage sur le sujet, si on ne veut pas être pris au dépourvu comme la dernière fois.
Et il m'a semblé judicieux de débuter nos investigations par ce qui me donne l'impression d'être le commencement.
Le commencement ? Qu'est-ce que vous voulez dire par là ?
Eh bien...
Tu as remarqué la pierre tombale au nom d'Isaac Hélianthème, dans le petit jardin à côté de la maison ?
Et les armoiries sur la draperie qui flotte devant l'entrée, une horloge sur un blason orange et quatre roses au-dessus...
Tout ça ne te dit rien ?

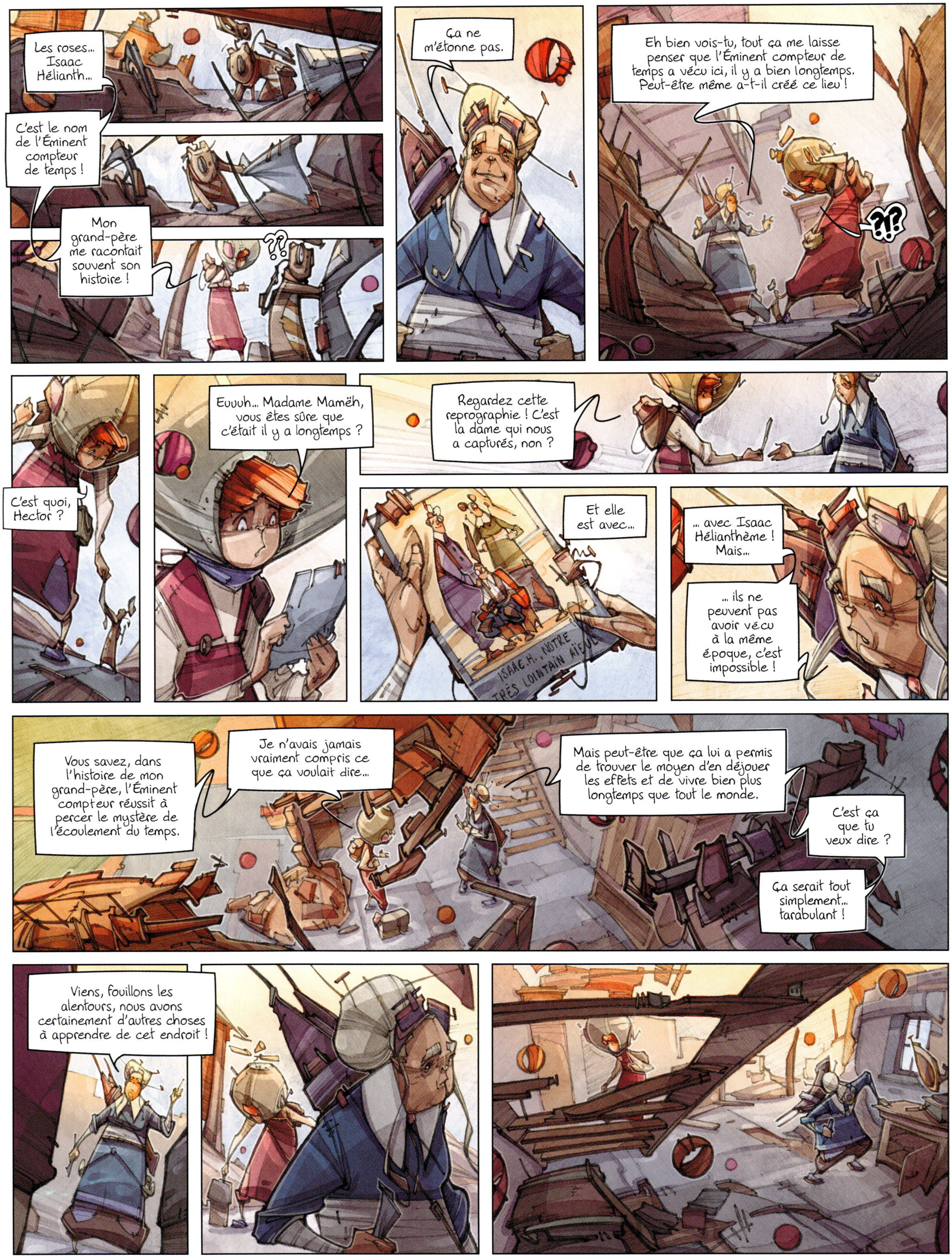
Les roses... Isaac Hélianth...
C'est le nom de l'Éminent compteur de temps !
Mon grand-père me racontait souvent son histoire !
?!?
Ça ne m'étonne pas.
Eh bien vois-tu, tout ça me laisse penser que l'Éminent compteur de temps a vécu ici, il y a bien longtemps. Peut-être même a-t-il créé ce lieu !
?!?
C'est quoi, Hector ?
Euuuh... Madame Maměh, vous êtes sûre que c'était il y a longtemps ?
Regardez cette reprographie ! C'est la dame qui nous a capturés, non ?
ISAAC H. NOTRE TRÈS LOINTAIN AÏEUL
Et elle est avec...
... avec Isaac Hélianthème ! Mais...
... ils ne peuvent pas avoir vécu à la même époque, c'est impossible !
Vous savez, dans l'histoire de mon grand-père, l'Éminent compteur réussit à percer le mystère de l'écoulement du temps.
Je n'avais jamais vraiment compris ce que ça voulait dire...
Mais peut-être que ça lui a permis de trouver le moyen d'en déjouer les effets et de vivre bien plus longtemps que tout le monde.
C'est ça que tu veux dire ?
Ça serait tout simplement... tarabulant !
Viens, fouillons les alentours, nous avons certainement d'autres choses à apprendre de cet endroit !

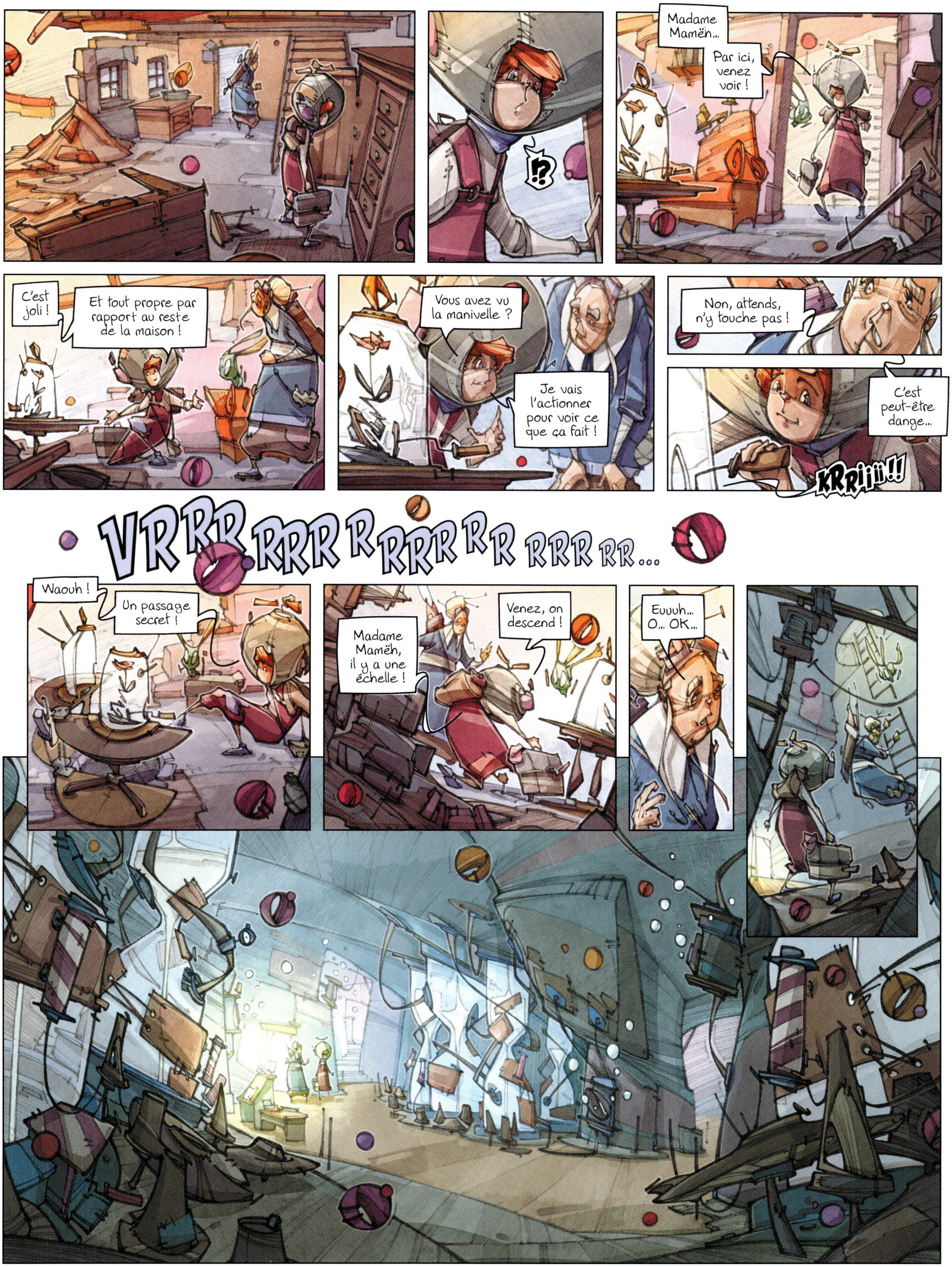

!?
Madame Mamëh...
Par ici, venez voir !
C'est joli !
Et tout propre par rapport au reste de la maison !
Vous avez vu la manivelle ?
Je vais l'actionner pour voir ce que ça fait !
Non, attends, n'y touche pas !
C'est peut-être dange...
KRRIIII !!
VRRRRRR RRRRRR RRR RR...
Waouh !
Un passage secret !
Madame Mamëh, il y a une échelle !
Venez, on descend !
Euuuh... O... OK...

Mais qu'est-ce que c'est que ces bidules ?
Petit… C'est ça !
On dirait bien qu'Isaac Hélianthème avait réussi à percer le mystère de l'écoulement du temps !
Qu'est-ce que vous avez trouvé ?
Des plans, un manuel d'utilisation pour une percée temporelle en bon état d'écoulement, et aussi une sorte de carnet de bord.
Dedans, ça dit : " Percer un mystère, quel qu'il soit, engendre systématiquement un petit trou.
Dans le cas de l'écoulement du temps, cela a occasionné une nouvelle coulée hors de laquelle le flux temporel s'est également mis à ruisseler.
Mais en toute petite quantité et bien plus lentement, étant donné la taille du trou."
La voilà, l'explication !
En vivant dans cette faille temporelle où le temps s'échappe bien moins vite…
… Isaac ne vieillissait que de quelques péthalons tandis que des centaines, voire des milliers de péthalissimes s'écoulaient hors de la grotte ! Ainsi, il a pu vivre assez longtemps pour connaître les jumeaux Herbalthé comme on l'a vu sur la reprograph…
Ouiii, Théobalte, je sais trèèès bien ce que tu penses !
!!
!!!
Moi aussiii, j'aimais Isaac, j'ai eu tellement de peine quand il a disparu.
Mais jaaamais au grand jaamais, je ne me serais gavée de thé d'instants précédents pour le revoir encore et encoooore.
Regaaarde-toi, maintenant ! Ce coma théilique ne te va absolument pas au teint, c'est évident !
Mais bon, rassure-toi, je serai bientôt en mesure de libérer ton esprit prisonnier du passé, pour le replacer dans ton corps… iiiici au présent, à mes côtés.
J'ai déjà perdu notre aïeul, il est hors de question que je te perde toi aussi, petit frère !
Tout à l'péthalon, nous nous sommes dégoté deux nouveaux cobayes, et j'ai bon espoir que mes expériences soient enfin couronnées de succès ! Qui sait, peut-être te retrouverai-je sain d'esprit d'ici peu.

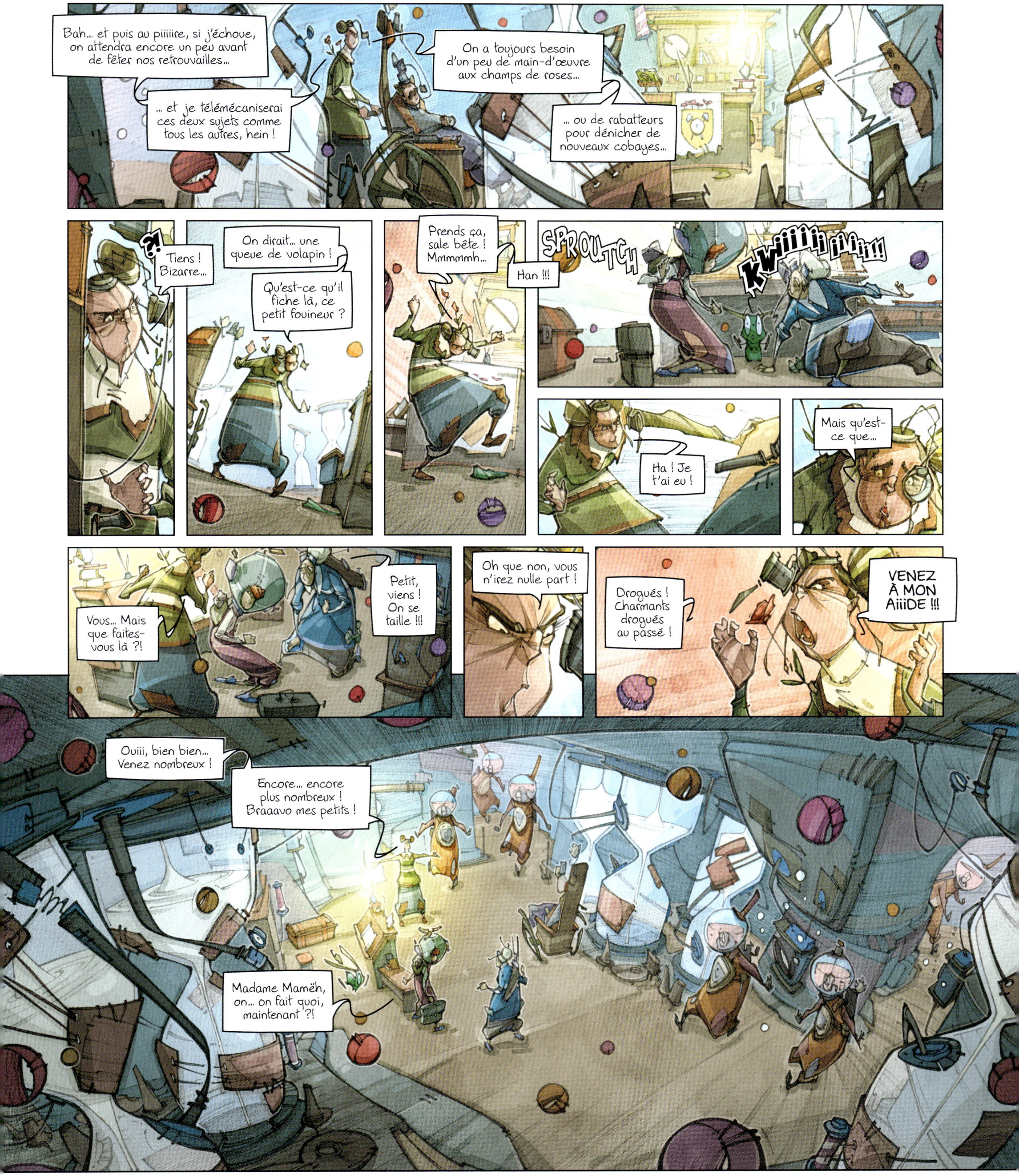
Bah... et puis au piiiiire, si j'échoue, on attendra encore un peu avant de fêter nos retrouvailles...
... et je télémécaniserai ces deux sujets comme tous les autres, hein !
On a toujours besoin d'un peu de main-d'œuvre aux champs de roses...
... ou de rabatteurs pour dénicher de nouveaux cobayes...
?!
Tiens ! Bizarre...
On dirait... une queue de volapin !
Qu'est-ce qu'il fiche là, ce petit fouineur ?
Prends ça, sale bête ! Mmmmmh...
Han !!!
SPROUTCH
KWIIIIIIIIIIIII !!!
Ha ! Je t'ai eu !
Mais qu'est-ce que...
Vous... Mais que faites-vous là ?!
Petit, viens ! On se taille !!!
Oh que non, vous n'irez nulle part !
Drogués ! Charmants drogués au passé !
VENEZ À MON AIIIDE !!!
Ouiii, bien bien... Venez nombreux !
Encore... encore plus nombreux ! Braaavo mes petits !
Madame Mamëh, on... on fait quoi, maintenant ?!

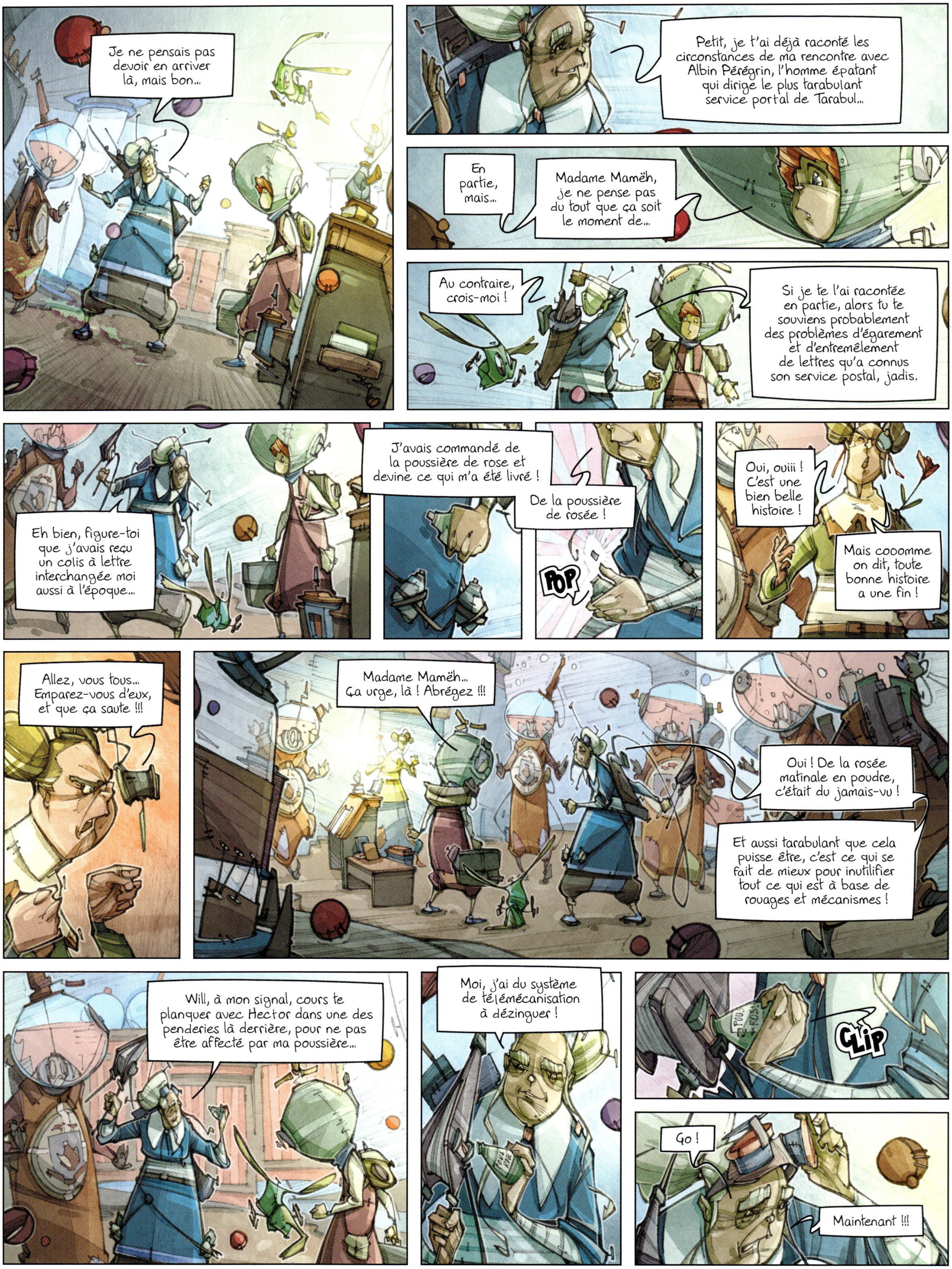
Je ne pensais pas devoir en arriver là, mais bon...
Petit, je t'ai déjà raconté les circonstances de ma rencontre avec Albin Pérégrin, l'homme épatant qui dirige le plus tarabulant service portal de Tarabul...
En partie, mais...
Madame Mamëh, je ne pense pas du tout que ça soit le moment de...
Au contraire, crois-moi !
Si je te l'ai racontée en partie, alors tu te souviens probablement des problèmes d'égarement et d'entremêlement de lettres qu'a connus son service postal, jadis.
Eh bien, figure-toi que j'avais reçu un colis à lettre interchangée moi aussi à l'époque...
J'avais commandé de la poussière de rose et devine ce qui m'a été livré !
De la poussière de rosée !
POP
Oui, ouiii ! C'est une bien belle histoire !
Mais cooomme on dit, toute bonne histoire a une fin !
Allez, vous tous... Emparez-vous d'eux, et que ça saute !!!
Madame Mamëh... Ça urge, là ! Abrégez !!!
Oui ! De la rosée matinale en poudre, c'était du jamais-vu !
Et aussi tarabulant que cela puisse être, c'est ce qui se fait de mieux pour inutilifier tout ce qui est à base de rouages et mécanismes !
Will, à mon signal, cours te planquer avec Hector dans une des penderies là derrière, pour ne pas être affecté par ma poussière...
Moi, j'ai du système de télémécanisation à dézinguer !
CLIP
Go !
Maintenant !!!

PFFFFT
PCHHHHHH
YAAAAAAAH
PCHHHHHH
PFFFT
Gniiiii...
PCHHHHHH
Hi hi !!!
PFFFT
PCHHHHHHHH
PFFFFT
YAAA AAAAAAH
PCHHHHH
PFFT
PCHHHHHH
PFFFT
Mais qu'est-ce qui se passe ?!
Mes petits drogués, ils...
PCHHHHHH
PFFT

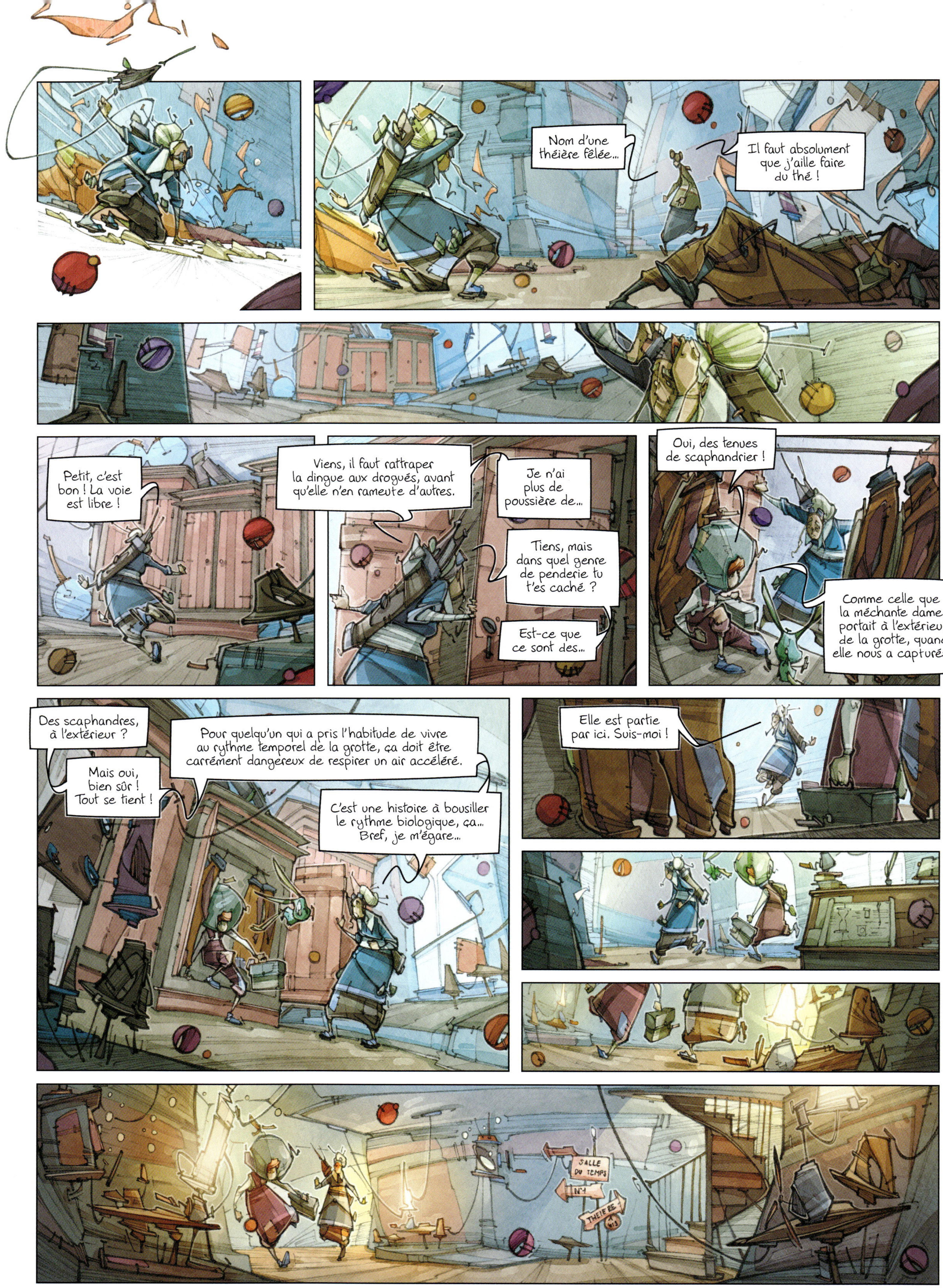

Nom d'une théière fêlée...
Il faut absolument que j'aille faire du thé !
Petit, c'est bon ! La voie est libre !
Viens, il faut rattraper la dingue aux drogués, avant qu'elle n'en rameute d'autres.
Je n'ai plus de poussière de...
Tiens, mais dans quel genre de penderie tu t'es caché ?
Est-ce que ce sont des...
Oui, des tenues de scaphandrier !
Comme celle que la méchante dame portait à l'extérieur de la grotte, quand elle nous a capturés.
Des scaphandres, à l'extérieur ?
Mais oui, bien sûr ! Tout se tient !
Pour quelqu'un qui a pris l'habitude de vivre au rythme temporel de la grotte, ça doit être carrément dangereux de respirer un air accéléré.
C'est une histoire à bousiller le rythme biologique, ça... Bref, je m'égare...
Elle est partie par ici. Suis-moi !
SALLE DU TEMPS
N°1
THEIERE N°3

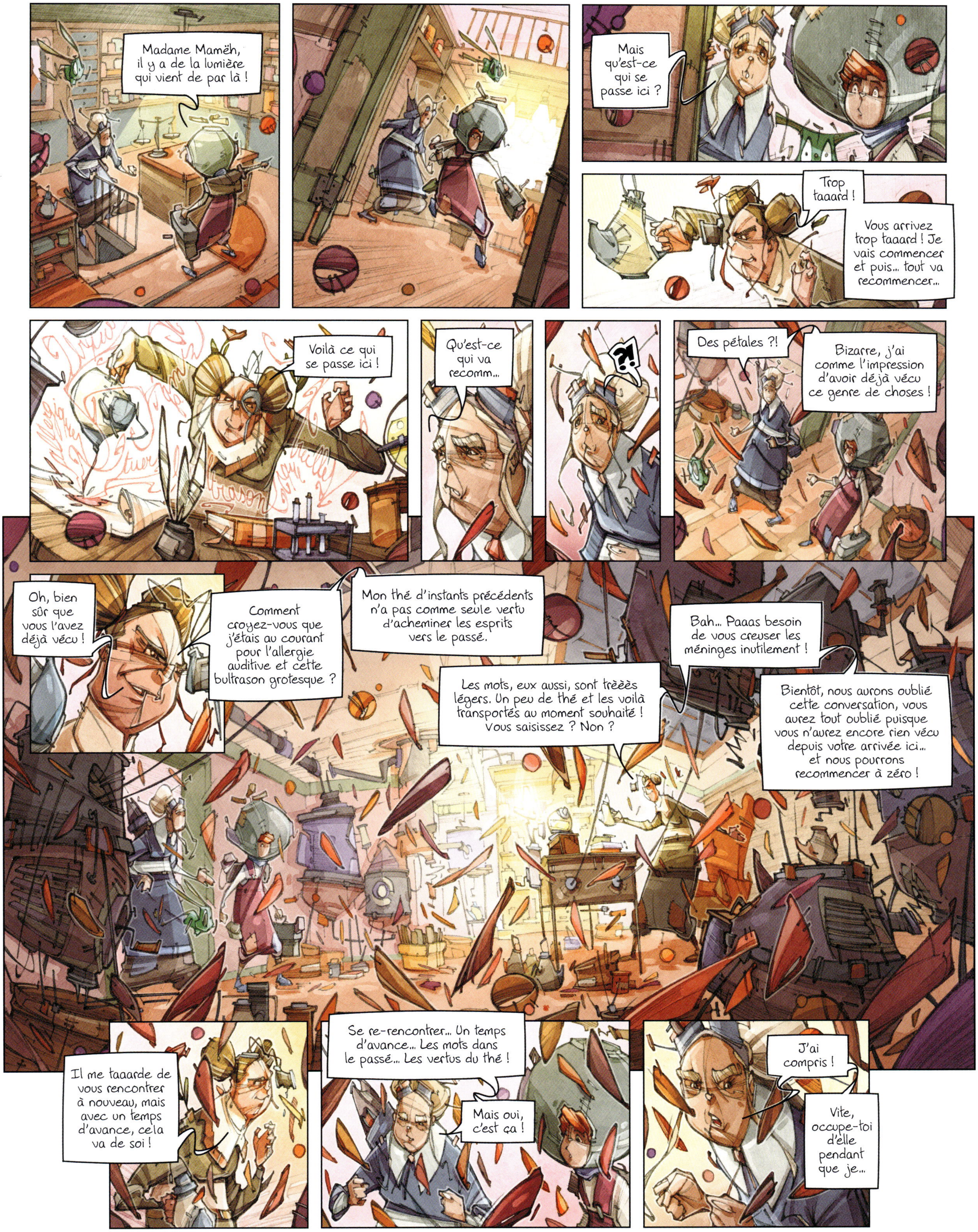
Madame Mamëh, il y a de la lumière qui vient de par là !
Mais qu'est-ce qui se passe ici ?
Trop taaard !
Vous arrivez trop taaard ! Je vais commencer et puis... tout va recommencer...
Voilà ce qui se passe ici !
Qu'est-ce qui va recomm...
?!
Des pétales ?!
Bizarre, j'ai comme l'impression d'avoir déjà vécu ce genre de choses !
Oh, bien sûr que vous l'avez déjà vécu !
Comment croyez-vous que j'étais au courant pour l'allergie auditive et cette bultrason grotesque ?
Mon thé d'instants précédents n'a pas comme seule vertu d'acheminer les esprits vers le passé.
Les mots, eux aussi, sont trèèès légers. Un peu de thé et les voilà transportés au moment souhaité ! Vous saisissez ? Non ?
Bah... Paaas besoin de vous creuser les méninges inutilement !
Bientôt, nous aurons oublié cette conversation, vous aurez tout oublié puisque vous n'aurez encore rien vécu depuis votre arrivée ici... et nous pourrons recommencer à zéro !
Il me taaarde de vous rencontrer à nouveau, mais avec un temps d'avance, cela va de soi !
Se re-rencontrer... Un temps d'avance... Les mots dans le passé... Les vertus du thé !
Mais oui, c'est ça !
J'ai compris !
Vite, occupe-toi d'elle pendant que je...

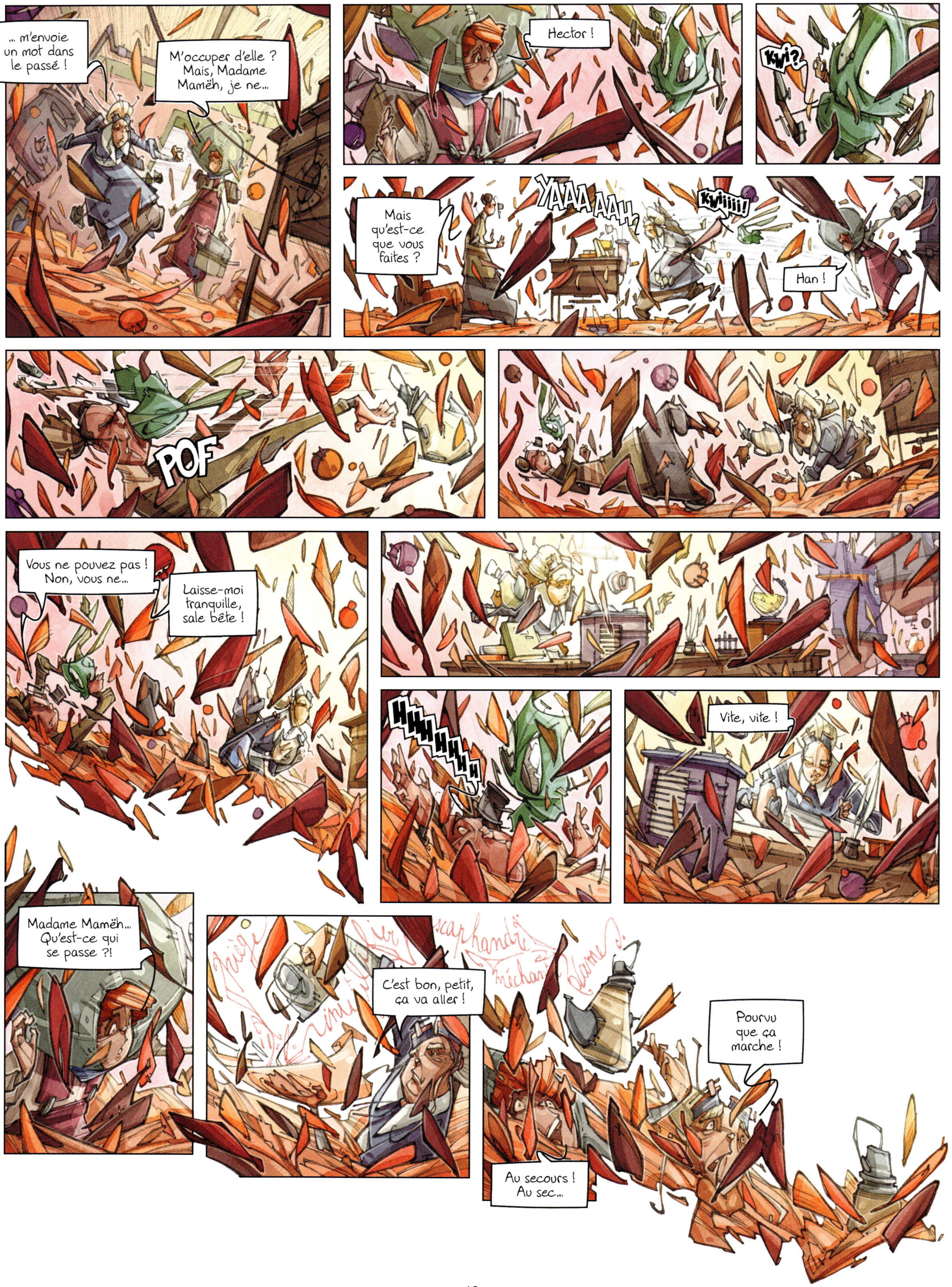

... m'envoie un mot dans le passé !
M'occuper d'elle ? Mais, Madame Mamëh, je ne...
Hector !
KWI?
Mais qu'est-ce que vous faites ?
YAAAAAHH
KWIIIII!
Han !
POF
Vous ne pouvez pas ! Non, vous ne...
Laisse-moi tranquille, sale bête !
HHHHHHHH
Vite, vite !
Madame Mamëh... Qu'est-ce qui se passe ?!
C'est bon, petit, ça va aller !
Pourvu que ça marche !
Au secours ! Au sec...

ACTE IV
L'alchithémique résolution de l'histoire ou La Théière Enchantée (troisième version)
Bien ! Nous sommes arrivés !
Alors, petit, qu'en penses-tu ?
Quelques claquements de porte à peine et nous...
Tiens, qu'est-ce que c'est que ces trucs qui flottent, là ?
On dirait mon écriture !
THÉIÈRE ENCHANTÉE
PAR LÀ
C'est... un piège... inutilifier le... scaphandre... méchante dame ?
Madame Mamëh, vous allez bien ?
Hem... Oui... Tout va bien... Allons-y.
Je t'ai déjà raconté l'histoire de ma rencontre avec Albin Pérégrin, le créateur de cet épa...
... bah oui en fait !
Ou en grande partie au moins...
... non ?
Les lettres égarées et mélangées...
... tout le blabla de révision...
... le problème au cœur du système et...
Madame Mamëh, vous êtes sûre que vous allez bien ?
Oui, je crois, mais... j'ai comme une sensation de déjà...
Oh ! Tiens, regarde, voilà de la compagnie !

Bonjour madame, bonjour mess...
Petit, tiens-toi sur tes gardes... Elle porte un scaphandre !
?!
Bien le bonjour, chers voyageurs !
Nous nous rendons à la boutique de thé des jumeaux Herbal...
Je sais pourquoi vous êtes là !
Vous savez ?!
Évidemment !
Tout comme je connais l'utilité de cette coiffe bizarre.
Ainsi que les conséquences si je chipote cette manivelle et que je prononce un mot...
... tragicodiabolique !
CLIC
HHHHHH
Mais... qu'avez-vous fait ? Will !!!
Nom d'un objet utile ! Vous ne me laissez pas le choix !
Vous deux, tuez cette vieille bique cette fois-ci !
Et que ça saute !
CLIP
Hé mais... non !
Qu'est-ce que vous faites ?!
YAAAAAH !
PFFFFT
PCHHHH

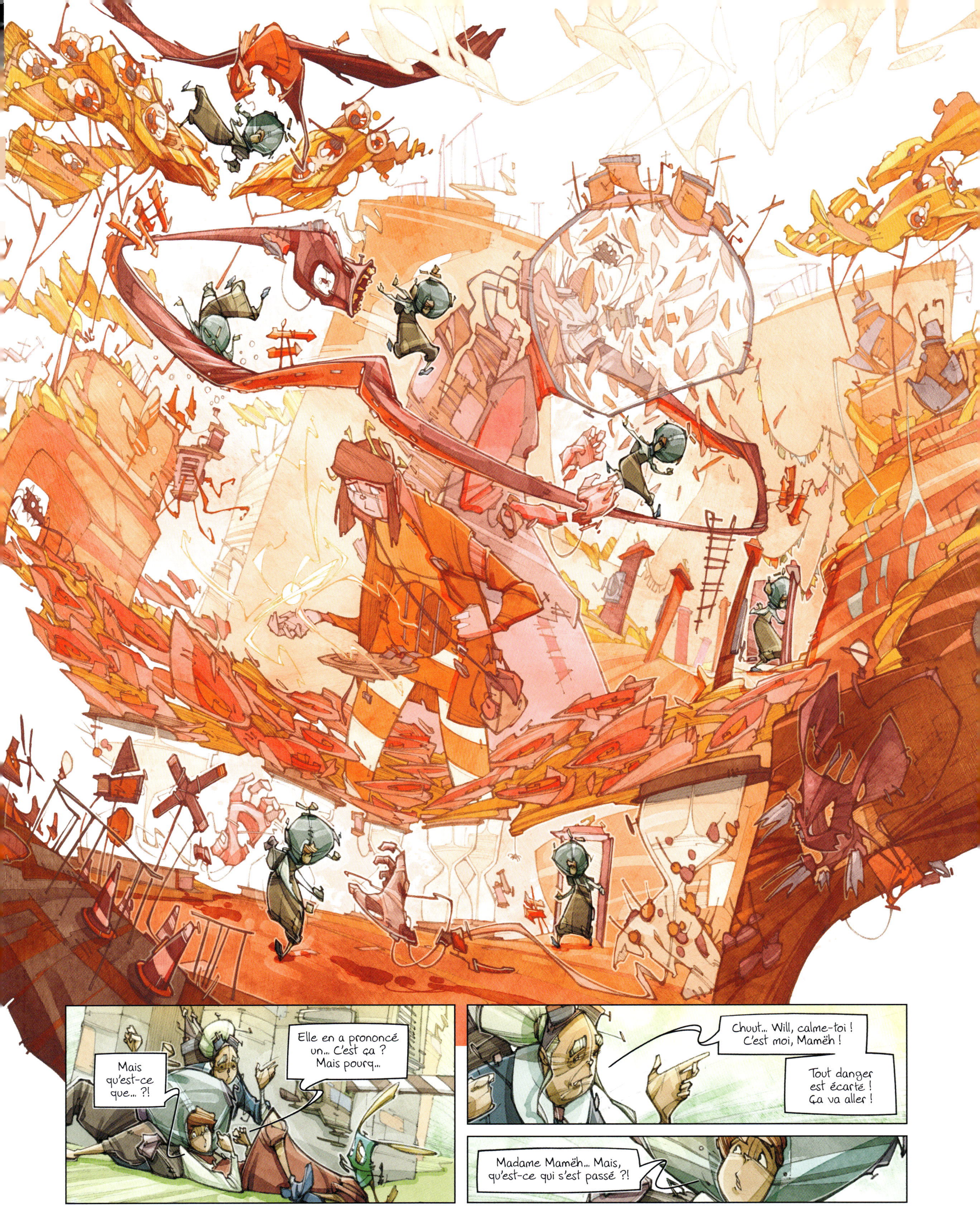

Mais qu'est-ce que... ?!
Elle en a prononcé un... C'est ça ? Mais pourq...
Chuut... Will, calme-toi ! C'est moi, Mamëh !
Tout danger est écarté ! Ça va aller !
Madame Mamëh... Mais, qu'est-ce qui s'est passé ?!

J'avais reçu ce message bizarre près du transporte-à-porte...
... et puis cette femme t'a agressé, alors...
... j'ai réagi à l'instinct, en inutilifiant son attirail avec ma poussière de rosée matinale !
Est-ce qu'elle est...
Morte, oui... de vieillesse.
C'est arrivé lorsque le globe de son scaphandre s'est brisé... comme si l'air ambiant était toxique pour elle.
Je ne comprends pas ce qui s'est passé, mais malgré ce que j'ai fait, je n'arrive pas à m'en vouloir ni à être désolée pour elle !
J'ai l'étrange impression d'avoir agi de la meilleure des façons.
Et les deux autres ? Ils sont aussi...
Non, juste amorphes... Ils sont tombés comme des mouches lorsque la femme est morte.
J'ai bien observé leur attirail quand tu étais inconscient et j'ai découvert un système de télémécanisation !
Tu sais aussi bien que moi comment ça fonctionne, avec Hector à tes côtés...
Si le cerveau pensant de la télémécanisation est déconnecté, inconscient ou mort, le sujet s'en retrouve inanimé !
Bref, allons-y !
On a un magasin de thé à trouver, non ?

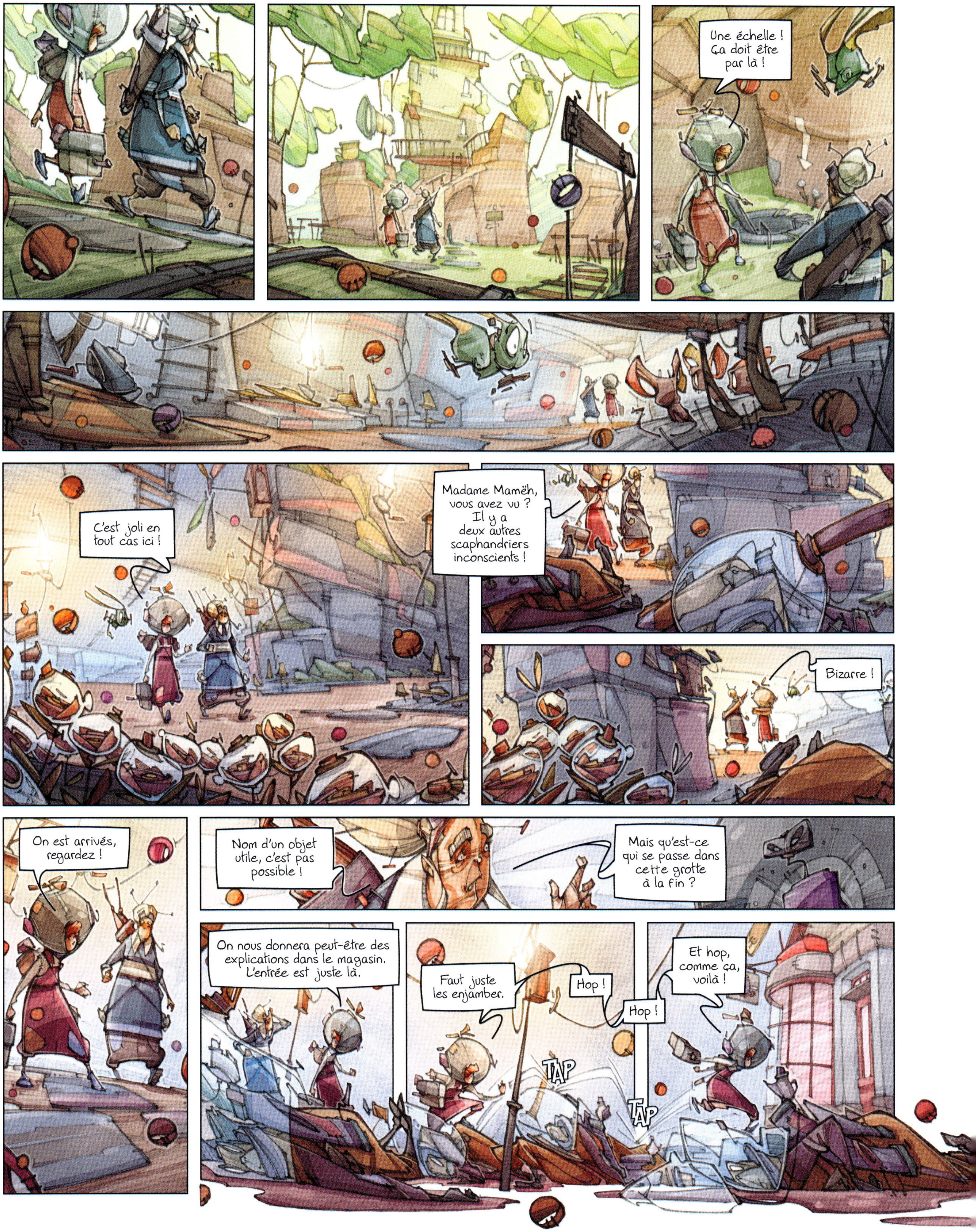
Une échelle ! Ça doit être par là !
C'est joli en tout cas ici !
Madame Mamëh, vous avez vu ? Il y a deux autres scaphandriers inconscients !
Bizarre !
On est arrivés, regardez !
Nom d'un objet utile, c'est pas possible !
Mais qu'est-ce qui se passe dans cette grotte à la fin ?
On nous donnera peut-être des explications dans le magasin. L'entrée est juste là.
Faut juste les enjamber.
Hop !
Hop !
TAP
TAP
Et hop, comme ça, voilà !

Bonjour...
Il y a quelqu'un ?
HÉ HO ?
EST-CE QU'IL Y A QUELQU'UN ?
!?
Je ne sais pas si on te répondra, petit.
Regarde... Le portrait, là, derrière le comptoir.
C'est la dame qui nous a agressés sur la route !
C'était elle, Églanthéine Herbalthé ?!
Et à côté, son frère Théobalte, alors ? Il est tout raturé, c'est bizarre.
Oui... Étrange et franchement pas rassurant, si tu veux mon avis !
Quoi qu'il en soit, ce Théobalte n'a pas l'air d'être ici !
Trouvons vite le thé d'instants précédents et fichons le camp sans perdre un péthalinfime de plus !
?!?
Hector ! Madame Mamëh !

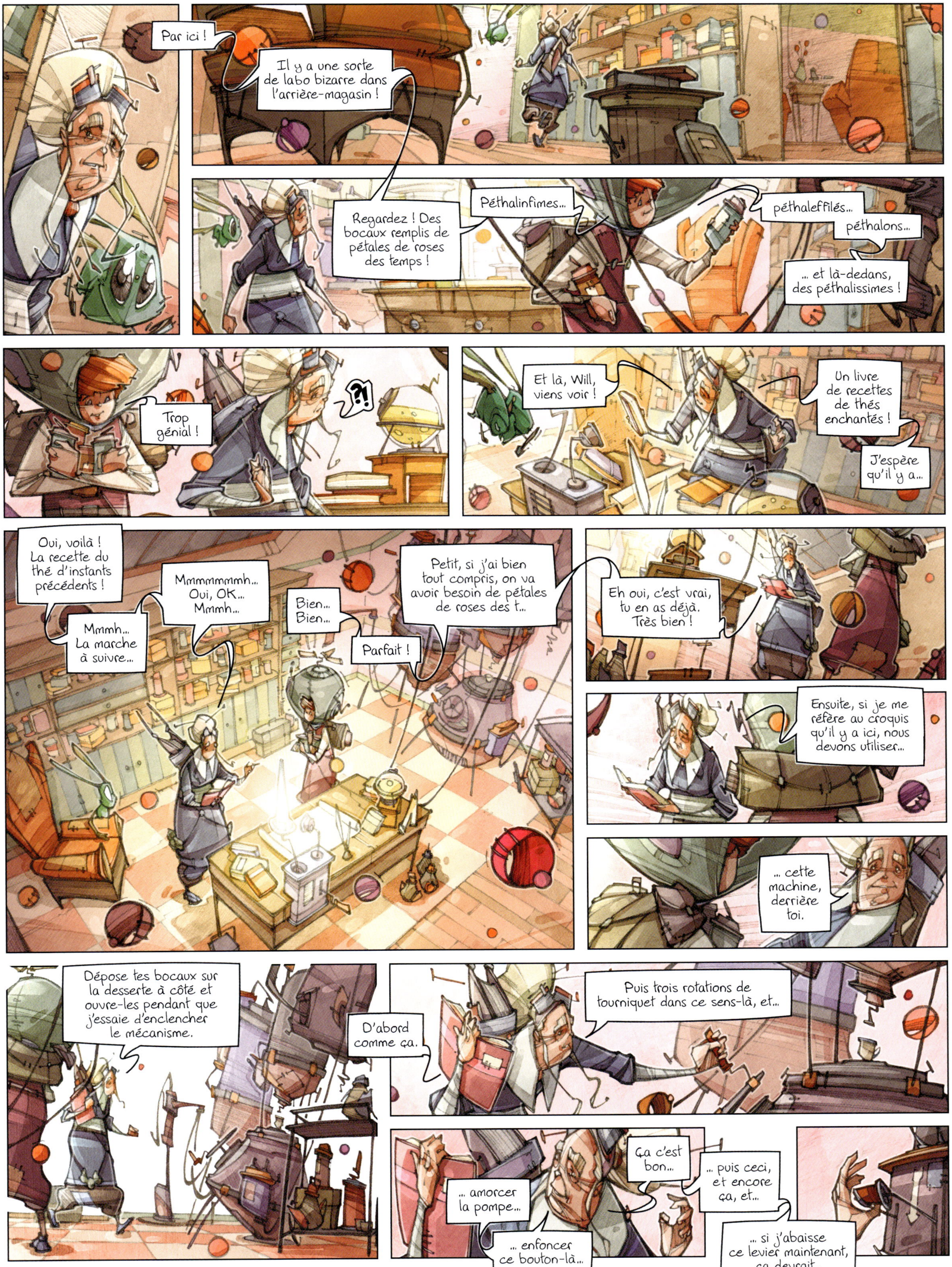
Par ici !
Il y a une sorte de labo bizarre dans l'arrière-magasin !
Regardez ! Des bocaux remplis de pétales de roses des temps !
Péthalinfimes...
péthaleffilés...
péthalons...
... et là-dedans, des péthalissimes !
Trop génial !
?!
Et là, Will, viens voir !
Un livre de recettes de thés enchantés !
J'espère qu'il y a...
Oui, voilà ! La recette du thé d'instants précédents !
Mmmh... La marche à suivre...
Mmmmmmmh... Oui, OK... Mmmh...
Bien... Bien...
Parfait !
Petit, si j'ai bien tout compris, on va avoir besoin de pétales de roses des t...
Eh oui, c'est vrai, tu en as déjà. Très bien !
Ensuite, si je me réfère au croquis qu'il y a ici, nous devons utiliser...
... cette machine, derrière toi.
Dépose tes bocaux sur la desserte à côté et ouvre-les pendant que j'essaie d'enclencher le mécanisme.
D'abord comme ça.
Puis trois rotations de tourniquet dans ce sens-là, et...
... amorcer la pompe...
... enfoncer ce bouton-là...
Ça c'est bon...
... puis ceci, et encore ça, et...
... si j'abaisse ce levier maintenant, ça devrait...

Parfait, ça fonctionne ! Il ne nous reste plus qu'à connaître la date exacte de la disparition de ton grand-père.
VRRRRRRRR
Je pourrai ainsi calculer le temps précis qui nous sépare de ce moment…
… car la préparation du thé diffère en fonction de cette donnée !
La date exacte… euh… je ne sais plus vraiment…
… mais…
… c'est arrivé deux jours avant de fêter ma 9e floraison cyclique.
Ça, je me le rappelle !
Donc si je pars de mon âge qui est de… euh…
Excusez-moi, Madame Mamëh, mais on est quelle date en fait aujourd'hui ?
Pas de problème ! Nous sommes le 3e péthaleffilé, du 10e péthalon, du 1er péthalissime de la 947e floraison après ECT !
Je suis né le 14/12/02/936 ce qui me fait…
Euh…
Ce quii me… faiiit…
Dix floraisons, quatre péthalissimes…
!?
… neuf péthalons…
… et sept péthaleffilés précisément !
C'est très joli pour décrire le temps qui passe, mais pas évident pour calculer les dates !
Bref, allons-y.
Tu peux remplir cet entonnoir de pétales de roses des temps.
On a besoin de… six péthalissimes pour la floraison écoulée dans son entièreté…
… plus quatre autres, ainsi que neuf péthalons et sept péthaleffilés…
… auxquels il faut en ajouter six, puisque tu as perdu ton grand-père deux jours avant ta 9e floraison.
Voilà, le compte est bon !
Il ne me reste plus qu'à tourner cette manivelle…
… et…
WOUFFF

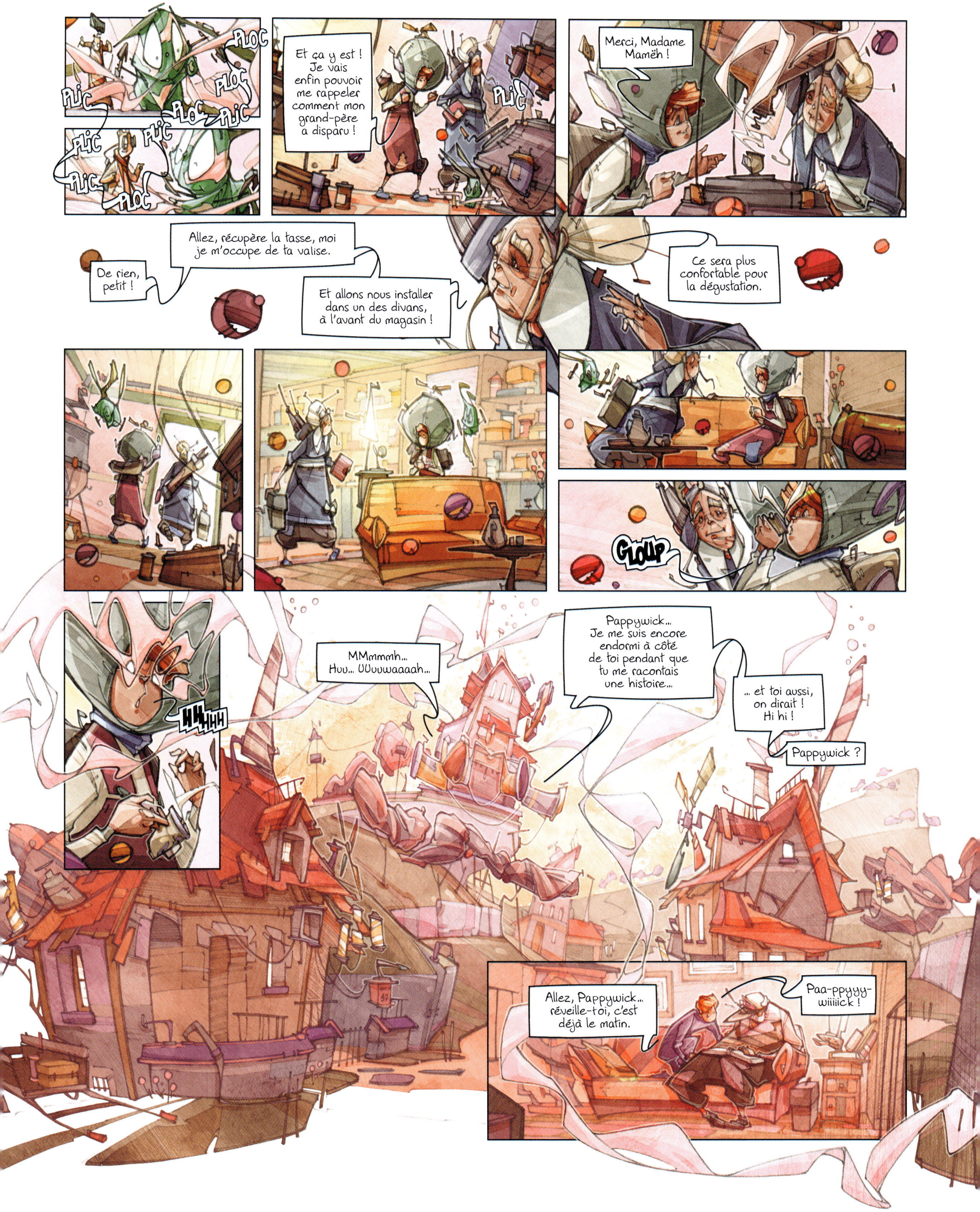
PLOC
PLOC
PLIC
PLOC
PLIC
PLIC
PLIC
PLIC
PLOC
Et ça y est ! Je vais enfin pouvoir me rappeler comment mon grand-père a disparu !
PLIC
Merci, Madame Mamëh !
De rien, petit !
Allez, récupère la tasse, moi je m'occupe de ta valise.
Et allons nous installer dans un des divans, à l'avant du magasin !
Ce sera plus confortable pour la dégustation.
GLOUP
HHHHH
MMmmmh... Huu... UUuuwaaaah...
Pappywick... Je me suis encore endormi à côté de toi pendant que tu me racontais une histoire...
... et toi aussi, on dirait ! Hi hi !
Pappywick ?
Allez, Pappywick... réveille-toi, c'est déjà le matin.
Paa-ppyyy-wiiiiick !

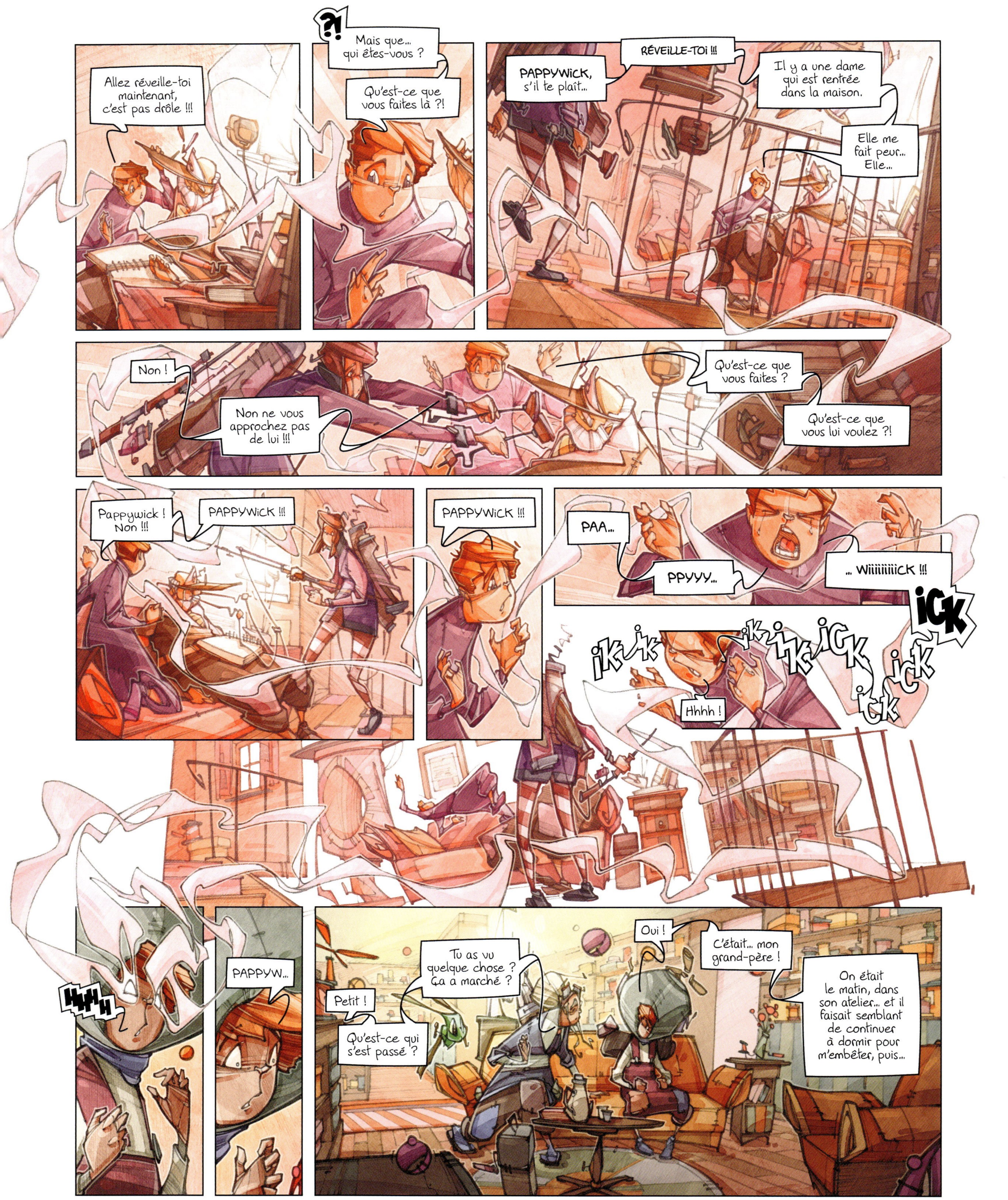
Allez réveille-toi maintenant, c'est pas drôle !!!
?!
Mais que... qui êtes-vous ?
Qu'est-ce que vous faites là ?!
PAPPYWICK, s'il te plaît...
RÉVEILLE-TOI !!!
Il y a une dame qui est rentrée dans la maison.
Elle me fait peur... Elle...
Non !
Non ne vous approchez pas de lui !!!
Qu'est-ce que vous faites ?
Qu'est-ce que vous lui voulez ?!
Pappywick ! Non !!!
PAPPYWICK !!!
PAPPYWICK !!!
PAA...
PPYYY...
... WIIIIIIICK !!!
ICK
Hhhh !
PAPPYW...
Petit !
Qu'est-ce qui s'est passé ?
Tu as vu quelque chose ? Ça a marché ?
Oui !
C'était... mon grand-père !
On était le matin, dans son atelier... et il faisait semblant de continuer à dormir pour m'embêter, puis...

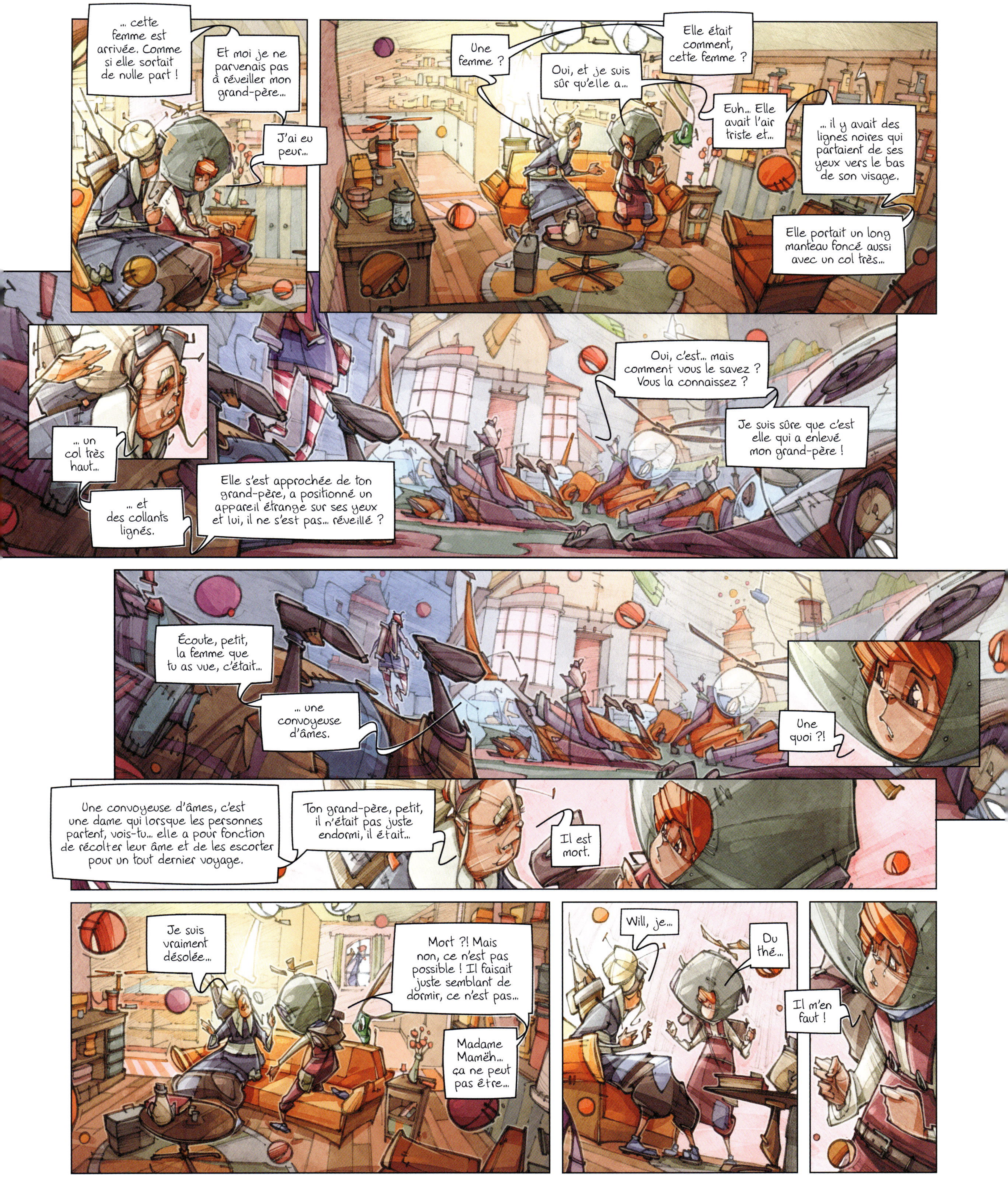
… cette femme est arrivée. Comme si elle sortait de nulle part !
Et moi je ne parvenais pas à réveiller mon grand-père…
J'ai eu peur…
Une femme ?
Oui, et je suis sûr qu'elle a…
Elle était comment, cette femme ?
Euh… Elle avait l'air triste et…
… il y avait des lignes noires qui partaient de ses yeux vers le bas de son visage.
Elle portait un long manteau foncé aussi avec un col très…
… un col très haut…
… et des collants lignés.
Elle s'est approchée de ton grand-père, a positionné un appareil étrange sur ses yeux et lui, il ne s'est pas… réveillé ?
Oui, c'est… mais comment vous le savez ? Vous la connaissez ?
Je suis sûre que c'est elle qui a enlevé mon grand-père !
Écoute, petit, la femme que tu as vue, c'était…
… une convoyeuse d'âmes.
Une quoi ?!
Une convoyeuse d'âmes, c'est une dame qui lorsque les personnes partent, vois-tu… elle a pour fonction de récolter leur âme et de les escorter pour un tout dernier voyage.
Ton grand-père, petit, il n'était pas juste endormi, il était…
Il est mort.
Je suis vraiment désolée…
Mort ?! Mais non, ce n'est pas possible ! Il faisait juste semblant de dormir, ce n'est pas…
Madame Maměh… ça ne peut pas être…
Will, je…
Du thé…
Il m'en faut !

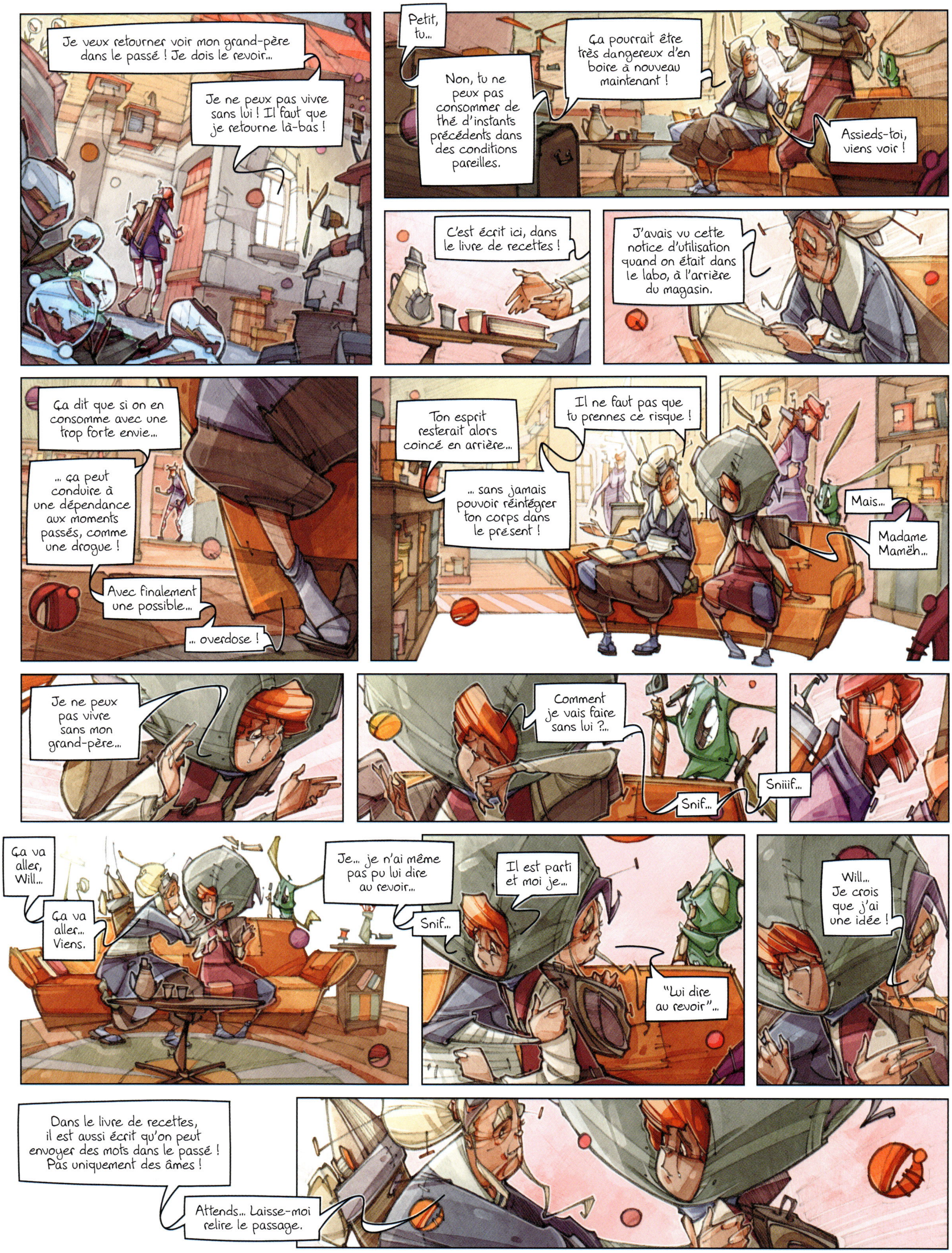
Je veux retourner voir mon grand-père dans le passé ! Je dois le revoir...
Je ne peux pas vivre sans lui ! Il faut que je retourne là-bas !
Petit, tu...
Non, tu ne peux pas consommer de thé d'instants précédents dans des conditions pareilles.
Ça pourrait être très dangereux d'en boire à nouveau maintenant !
Assieds-toi, viens voir !
C'est écrit ici, dans le livre de recettes !
J'avais vu cette notice d'utilisation quand on était dans le labo, à l'arrière du magasin.
Ça dit que si on en consomme avec une trop forte envie...
... ça peut conduire à une dépendance aux moments passés, comme une drogue !
Avec finalement une possible...
... overdose !
Ton esprit resterait alors coincé en arrière...
... sans jamais pouvoir réintégrer ton corps dans le présent !
Il ne faut pas que tu prennes ce risque !
Mais...
Madame Mamëh...
Je ne peux pas vivre sans mon grand-père...
Comment je vais faire sans lui ?...
Snif...
Sniiif...
Ça va aller, Will...
Ça va aller... Viens.
Je... je n'ai même pas pu lui dire au revoir...
Snif...
Il est parti et moi je...
"Lui dire au revoir"...
Will... Je crois que j'ai une idée !
Dans le livre de recettes, il est aussi écrit qu'on peut envoyer des mots dans le passé ! Pas uniquement des âmes !
Attends... Laisse-moi relire le passage.

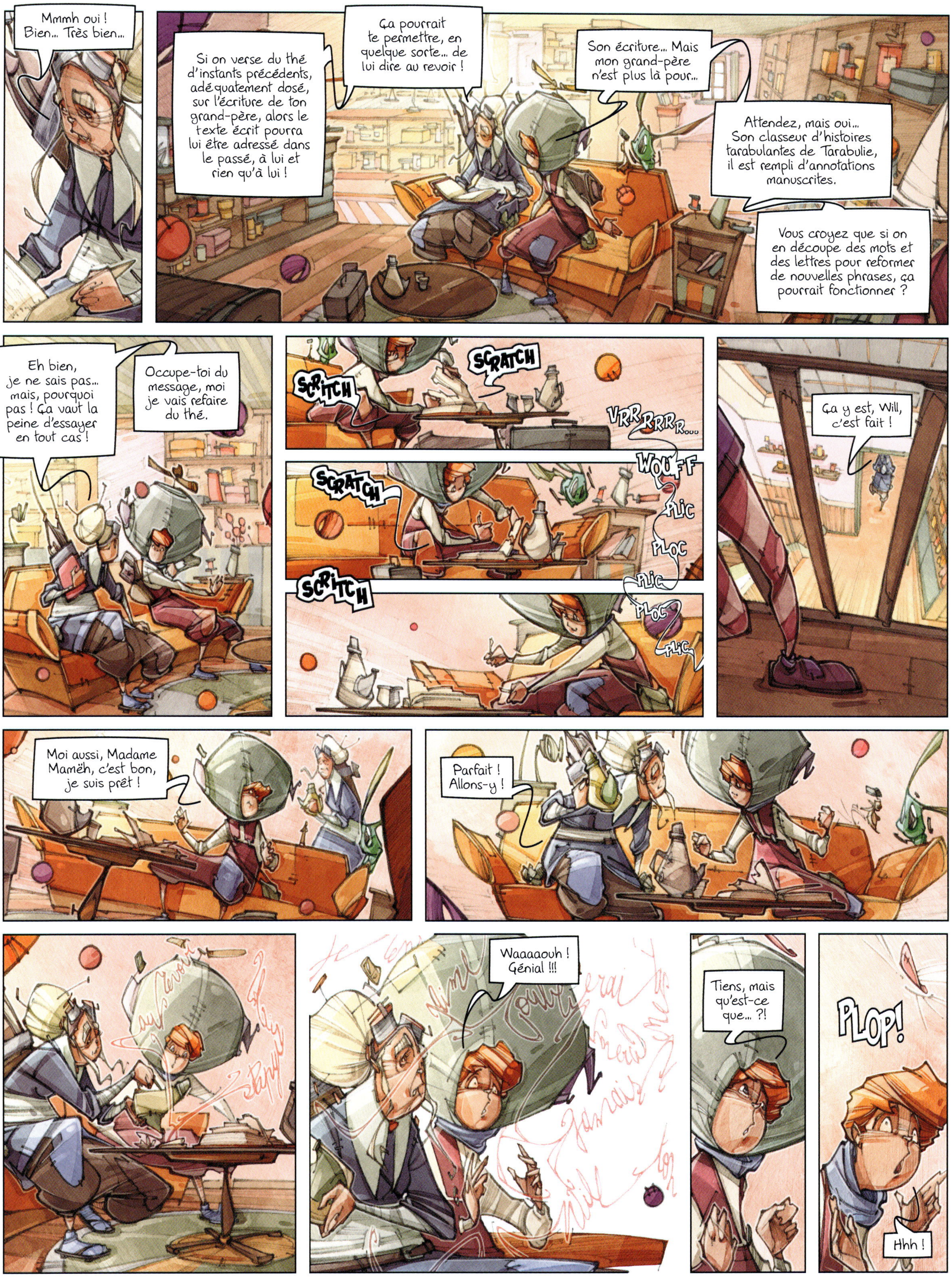
Mmmh oui ! Bien... Très bien...
Si on verse du thé d'instants précédents, adéquatement dosé, sur l'écriture de ton grand-père, alors le texte écrit pourra lui être adressé dans le passé, à lui et rien qu'à lui !
Ça pourrait te permettre, en quelque sorte... de lui dire au revoir !
Son écriture... Mais mon grand-père n'est plus là pour...
Attendez, mais oui... Son classeur d'histoires tarabulantes de Tarabulie, il est rempli d'annotations manuscrites.
Vous croyez que si on en découpe des mots et des lettres pour reformer de nouvelles phrases, ça pourrait fonctionner ?
Eh bien, je ne sais pas... mais, pourquoi pas ! Ça vaut la peine d'essayer en tout cas !
Occupe-toi du message, moi je vais refaire du thé.
SCRITCH
SCRATCH
VRRRRRR...
SCRATCH
WOUFF
PLIC
PLOC
SCRITCH
PLIC
PLOC
PLIC
Ça y est, Will, c'est fait !
Moi aussi, Madame Mamëh, c'est bon, je suis prêt !
Parfait ! Allons-y !
Waaaaouh ! Génial !!!
Tiens, mais qu'est-ce que... ?!
PLOP!
Hhh !

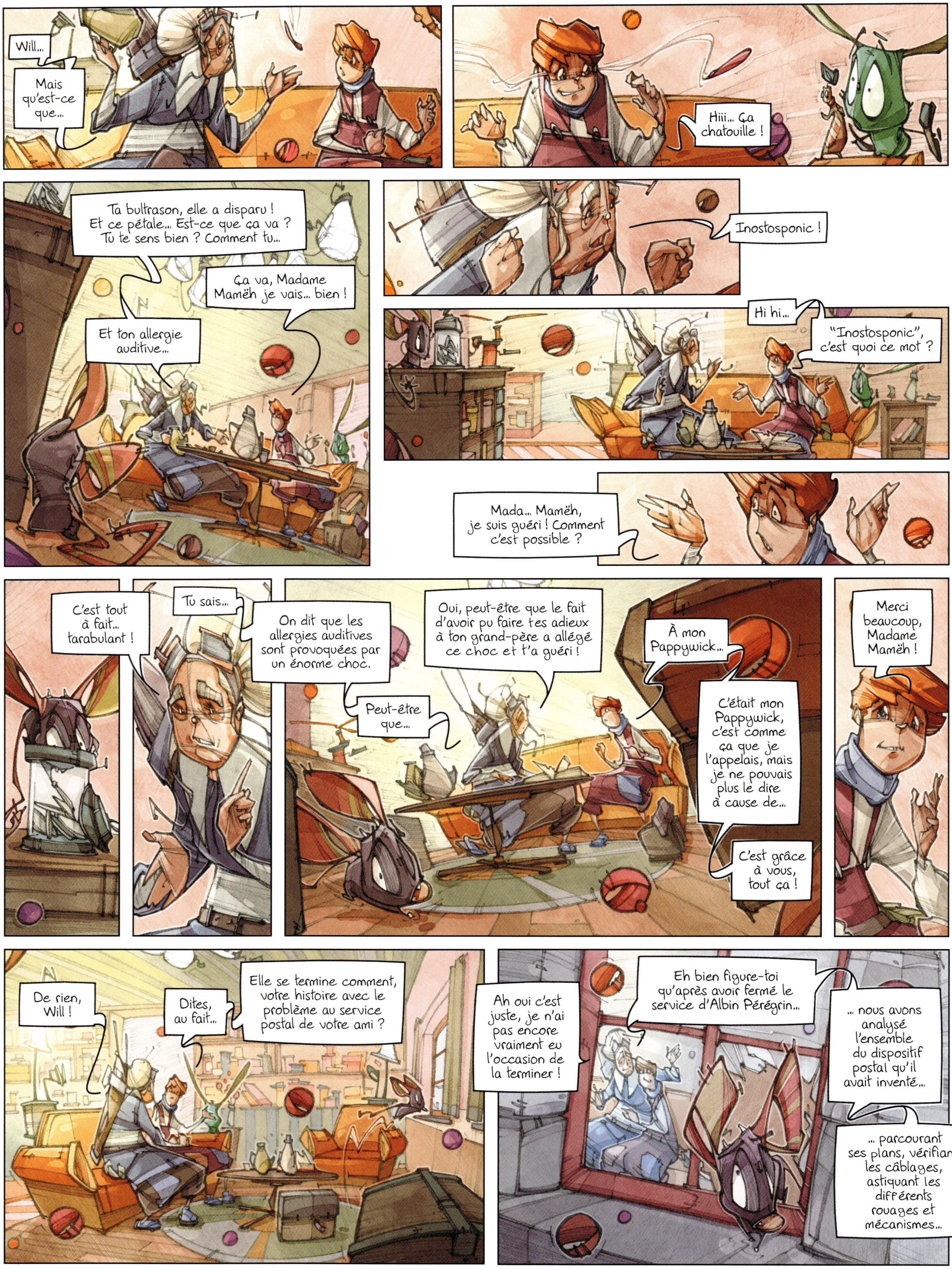
Will...
Mais qu'est-ce que...
Hiii... Ça chatouille !
Ta bultrason, elle a disparu ! Et ce pétale... Est-ce que ça va ? Tu te sens bien ? Comment tu...
Ça va, Madame Mamëh je vais... bien !
Et ton allergie auditive...
Inostosponic !
Hi hi...
"Inostosponic", c'est quoi ce mot ?
Mada... Mamëh, je suis guéri ! Comment c'est possible ?
C'est tout à fait... tarabulant !
Tu sais...
On dit que les allergies auditives sont provoquées par un énorme choc.
Peut-être que...
Oui, peut-être que le fait d'avoir pu faire tes adieux à ton grand-père a allégé ce choc et t'a guéri !
À mon Pappywick...
C'était mon Pappywick, c'est comme ça que je l'appelais, mais je ne pouvais plus le dire à cause de...
C'est grâce à vous, tout ça !
Merci beaucoup, Madame Mamëh !
De rien, Will !
Dites, au fait...
Elle se termine comment, votre histoire avec le problème au service postal de votre ami ?
Ah oui c'est juste, je n'ai pas encore vraiment eu l'occasion de la terminer !
Eh bien figure-toi qu'après avoir fermé le service d'Albin Pérégrin...
... nous avons analysé l'ensemble du dispositif postal qu'il avait inventé...
... parcourant ses plans, vérifiant les câblages, astiquant les différents rouages et mécanismes...

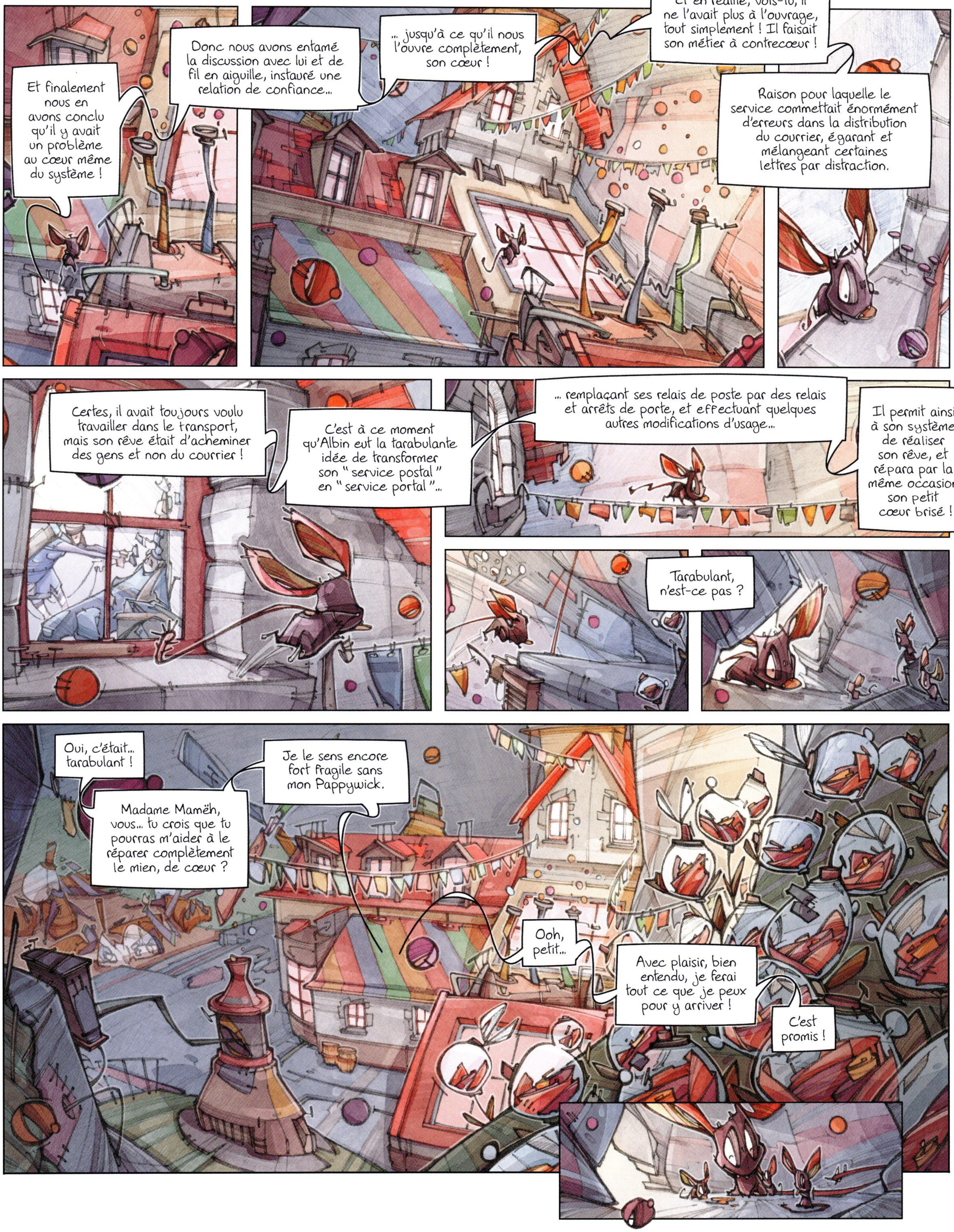
Et finalement nous en avons conclu qu'il y avait un problème au cœur même du système !
Donc nous avons entamé la discussion avec lui et de fil en aiguille, instauré une relation de confiance...
... jusqu'à ce qu'il nous l'ouvre complètement, son cœur !
Et en réalité, vois-tu, il ne l'avait plus à l'ouvrage, tout simplement ! Il faisait son métier à contrecœur !
Raison pour laquelle le service commettait énormément d'erreurs dans la distribution du courrier, égarant et mélangeant certaines lettres par distraction.
Certes, il avait toujours voulu travailler dans le transport, mais son rêve était d'acheminer des gens et non du courrier !
C'est à ce moment qu'Albin eut la tarabulante idée de transformer son " service postal " en " service portal "...
... remplaçant ses relais de poste par des relais et arrêts de porte, et effectuant quelques autres modifications d'usage...
Il permit ainsi à son système de réaliser son rêve, et répara par la même occasion son petit cœur brisé !
Tarabulant, n'est-ce pas ?
Oui, c'était... tarabulant !
Madame Mamëh, vous... tu crois que tu pourras m'aider à le réparer complètement le mien, de cœur ?
Je le sens encore fort fragile sans mon Pappywick.
Ooh, petit...
Avec plaisir, bien entendu, je ferai tout ce que je peux pour y arriver !
C'est promis !

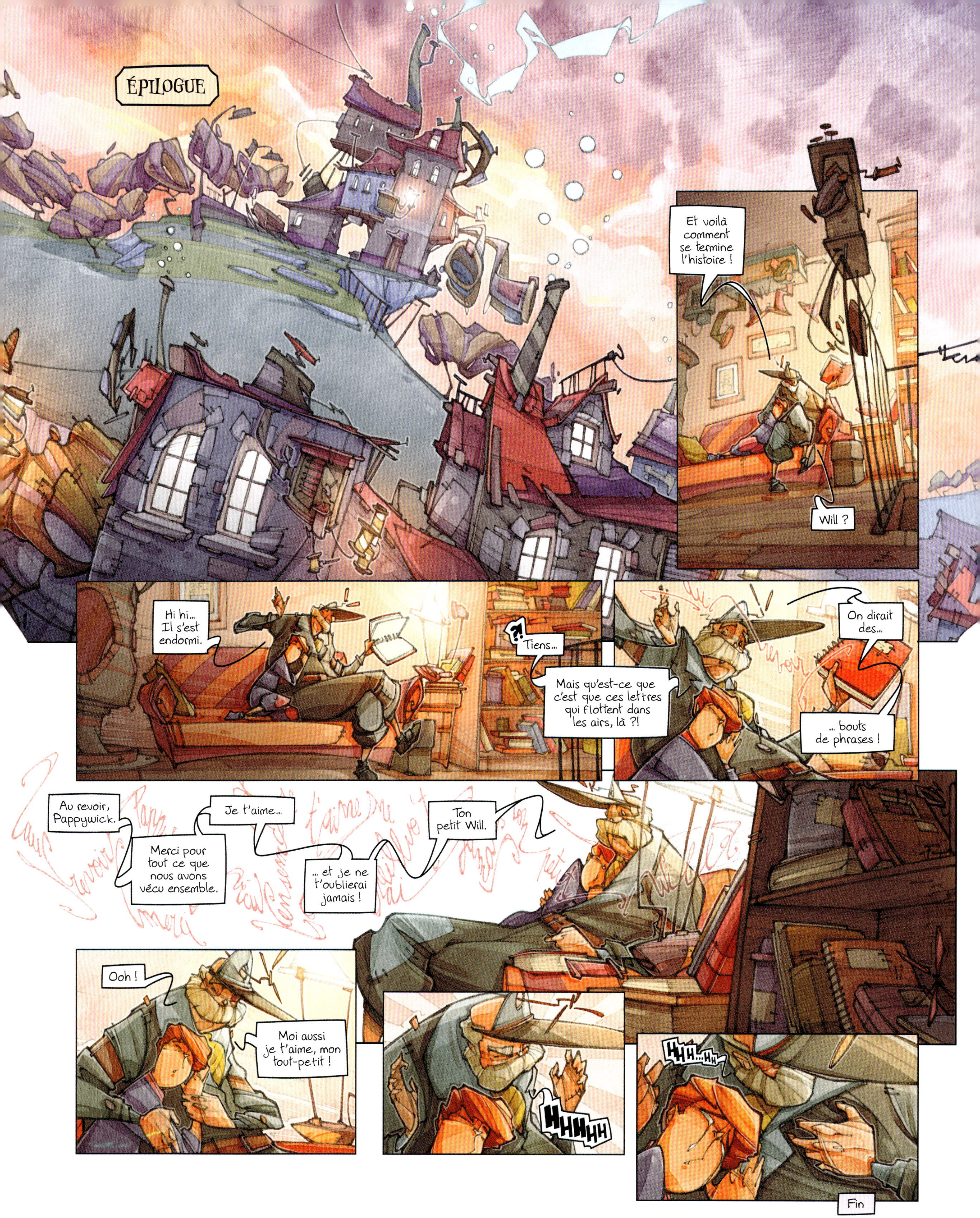

ÉPILOGUE
Et voilà comment se termine l'histoire !
Will ?
Hi hi... Il s'est endormi.
?! Tiens...
Mais qu'est-ce que c'est que ces lettres qui flottent dans les airs, là ?!
On dirait des...
... bouts de phrases !
Au revoir, Pappywick.
Merci pour tout ce que nous avons vécu ensemble.
Je t'aime...
... et je ne t'oublierai jamais !
Ton petit Will.
Ooh !
Moi aussi je t'aime, mon tout-petit !
HHHHH
HHH...HH
Fin

Merci

à mes parents, pour tout le soutien qu'ils m'ont apporté depuis le jour où j'ai eu la brillante idée de vouloir faire de la BD,

à Marine, Fanny et au reste de l'équipe Drakoo pour l'expérience partagée, les nombreux conseils distillés, la sympathie témoignée dans les mails et coups de fil échangés, ainsi que la patience dont ils ont fait preuve tout au long de l'élaboration de cet album,

à Stefania Aquaro, pour ses inspirations de couleurs de couverture,

à Éric, pour l'intérêt qu'il porte à mon travail chaque fois qu'on a l'occasion de se croiser, sa lecture de quelques-uns de mes textes, et ses retours judicieux,

et à ma petite famille, pour la cohabitation quotidienne avec mes délires artistiques, qu'ils endurent avec indulgence.

PREMIÈRE ÉDITION - Dépôt légal : janvier 2025 - ISBN : 978-2-4907-3583-9

Certifié PEFC
Ce produit est issu de forêts gérées durablement et de sources contrôlées
PEFC 10-31-1800 www.pefc-france.org

Imprimé en France
Printed in France by PPO Graphic, 91120 Palaiseau

La fabrication de cet album répond au processus de développement durable engagé par Bamboo Édition.